日和
hiyori

让阅读成为日常

缝纫机与金鱼

〔日〕永井美糸 ◎著
董纾含 ◎译

湖南文艺出版社·长沙

图书在版编目（CIP）数据

缝纫机与金鱼 / （日）永井美糸著；董纾含译.
长沙：湖南文艺出版社, 2025. 3（2025.5重印）. --（日和）.
ISBN 978-7-5726-2071-3

Ⅰ. I313.45

中国国家版本馆CIP数据核字第202526YT39号

著作权合同图字：18-2023-219

MISHIN TO KINGYO by Mimi Nagai
Copyright © 2022 Mimi Nagai
All rights reserved.
First published in Japan in 2022 by SHUEISHA Inc., Tokyo.
This Chinese (in simplified character only) edition published by arrangement with SHUEISHA Inc., Tokyo through THE SAKAI AGENCY, INC. and BARDON CHINESE CREATIVE AGENCY LIMITED.

缝纫机与金鱼
FENGRENJI YU JINYU

著　　者：〔日〕永井美糸		**译　　者**：董纾含
出 版 人：陈新文		**责任编辑**：夏必玄　陈志宏
责任校对：徐　晶		**封面设计**：少　少
内文排版：玉书美书			
出版发行：湖南文艺出版社			

（长沙市雨花区东二环一段508号 邮编：410014）

印　　刷：长沙新湘诚印刷有限公司

开　　本：710mm×1000mm　1/32	**印　　张**：6.125	**字　　数**：61千字
版　　次：2025年3月第1版	**印　　次**：2025年5月第2次印刷	
书　　号：ISBN 978-7-5726-2071-3	**定　　价**：38.00元	

版权所有，侵权必究

告诉你哦，那个女医生，是个在外国哭了的女人。

医院？我不喜欢医院。净是生病的，闹得人心情不好。到处都飘着细菌，你看看，那个小孩，那个老头，都在咳嗽呐。

虽然都戴着口罩，但小孩手总不老实，动不动就把口罩扯歪了。老头更是，他那口罩都不知道上回是啥时候洗的，脏得很。虽然不知道上回啥时候洗的，但是明显洗得缩了水，有年头了。那小破口罩连鼻孔眼儿都罩不住，鼻子全露出来了。戴这么小一个口罩有啥意义呢？戴口罩，有啥意义呢？我说，咪酱呀。得了感冒咳得那么猛，那这个感冒应该也属于特别要命的那种吧？唾沫星子喷得老远，于是，一个长了钩子似的细菌，就这么钩住了我们的嗓子眼儿，一直，一直不走。

我说你们啊，把口罩戴好了，然后用手捂着嘴巴再咳嗽啊！

我是这么和他俩讲的，结果被那俩人瞪了。

哎呀，烦，真烦。这不就是把好心当成驴肝肺吗？我好声好气地提醒他们，结果反倒落得不痛快。现在这世道啊，净是这种事儿。以前去大澡堂子的时候，会被那些泡第一道池子的老太太骂："把裆洗干净了再进！"虽然挨了骂，但还是老老实实听了话。心里咕哝着"死老太婆"，实际老老实实把两腿间洗了个干净。慢慢地也就习惯了,也就学会了各种规矩。不过,如今讲这些老道理也没用,是吧?现在这世道已经变了,没救了。

于是,我放弃了说教。闲得慌,我就随手从一堆杂志里瞎挑一本,读了读封面上的标题。上面说因为新冠肺炎疫情,看音乐剧的观众骤减。音乐剧。音乐剧是什么玩意儿?干啥的?既然提到"观众",那就是演马戏?还是那种行脚艺人唱的戏?对吗?要不就是杂耍?

传说之怪鱼,现身!

听我说啊,咪酱。我小时候在杂耍戏台见过那种怪鱼,没长眼睛,没长嘴,也没鱼鳞。生了一身乱蓬蓬的毛,戏台入口那儿能领到叶子,据说是它的饲料。拿那个叶片戳它,它就噗地喷了什么东西出来。后来大哥说,那玩意儿其实就是把牛肠子从里到外翻出来,又在里头灌了水,绑好。所以一戳就会从毛孔里滋出水来。就那种玩意儿啊，看一次就收五十块呢。太要命了。所以，音乐剧也是这种东西吗？真想再看看呀，那个怪鱼的把戏。那鱼还长着和宣传板上画的不一样的嘴巴。啊，不过，那个什么人鱼木乃伊也到过我们那儿呢。那个可是真家伙。那个木乃伊手指缝之间是连着的，有蹼呢。真吓死人了。那个木乃伊绝对是真的。哦，还有长了两颗脑袋的山羊标本。一对孪生的山羊，脖子上头顶了两颗脑袋。两颗脑袋用了同一个身子。那个标本呀，凑近了看也看不到拼接缝，所以肯定也是真的。还有啥，哦，还有长了蛋的女孩。那个有点说不清究竟算真的还是假的。那个蛋呢，该怎么讲，就是长在女人那东西上面，也不知道是她那东西本身长得太大，还是真多长了一对蛋，所以看不出那个究竟算哪种。她就叉着腿,自己提着蛋展示给我们看。别说是男人的家伙还是女人的家伙,总之就是能用手抓着提起来的很长的玩意儿。所以要说看一回这个花五十块值不值,那我觉得还算值的吧。当时老热闹了,大家都跑去看呢。站在入口吆喝的人也跟打了鸡血似的,唾沫横飞,都喷人脸上了。不过,那个长蛋的姑娘呀生得可俊俏了。因为生得俊,所以再一想到她打出生就长了那么个东西,更让人觉得她可怜哟。我还说:这姑娘以后可能也嫁不出去了吧。结果大哥告诉我:你说啥呢?那女的早结婚了,孩子都生了仨了。真是吓我一跳呢。毕竟我大哥他呀,偷偷跟你讲,他和那些杂耍班的老板还挺熟呢。那要这么说的话,宣传板上头明明写的"女孩",她穿的也是小姑娘的衣服呢!那也算扯了五成的谎吧。可是,我虽然知道他们扯谎,心里头的难受还是一点没变。如今要问我,哪个是花钱也想再看一遍的,应该就是那个姑娘了。长了蛋的女孩。嗯。

稍微安静一会儿吧?

咪酱对我说。

咪酱不化妆,长得挺壮。她声音听着有点吓人。

我偷偷瞄着咪酱的侧脸。咪酱的眉毛没打理过,粗粗的。猛一看呀,很像蛾子的触角。虽然没打理过,但她这天生的眉毛,我觉得特别好。

对了对了,你知道吗?我还是听算卦的人说的呢。算卦,就是算那个五行八卦那个卦。嗯,我也去看过她算卦呢。偷偷跟你讲,我看那算卦的女的是骗子。但是大家都说她算得好准,特别准。大哥说,那个算卦的女的,之前是在小酒馆里工作的。然后,就总有客人和做皮肉生意的女人来嘛，酒席间就开玩笑似的给他们算卦了。结果特别受欢迎，大家都说她算得准。结果那家店就生意兴隆起来，客人不是冲着酒也不是冲着女人，都是冲着找她算卦来的。她就干脆收钱给算了。但是靠相面好像不太好揽客，她就索性弄齐了那种正儿八经的八卦道具，开始给人看卦了。也不知这人从哪儿搞到的占卜用的签子，还有那种算木，只见她煞有介事地拿起来，然后唰啦唰啦地晃。但她就是骗人的，我看不懂八卦也知道，一眼就能看穿她。从那个女人化妆的手法上就能看出来。男人不化妆，所以直接看他们的脸就能看出很多东西。但女人呢，会用化妆掩饰来掩饰去的，我就是从那种掩饰里看出端倪的。尤其是她那个眉毛。眉毛，对。眉毛画得弯弯的很圆润的那种女人就很幸福，至少也过得凑合。要是化得直挺挺的,那种女人就是明明很不幸但还要挣扎的类型。那种把自己的眉毛画得棱角分明的女人啊,身上事儿可多呢,负担很重的。就像那个女医生一样。喂,咪酱。我刚说外国,说的可不是我们隔壁那些地方哦。那叫啥来着,美利坚,对对,她就在那个西洋美利坚,染了艳事,眼看事情不对头,就扭着身子直哭。

拜托,佳景女士,咱们安静等着,好吗?咪酱如此请求我。不化妆的、眉毛粗野的咪酱一点没有打哈哈的意思,说得那么不容置疑,让人没法接下去。

咪酱,是不是生气了啊?

对不起。

总之,赶紧道歉。看着她的脸色,然后,总之先道歉。

佳景女士，马上了，马上检查结果就出来了哦。

欸。咪酱说的这个"马上"，究竟要多久呢？

马上，是多久？还没到吗？我本来想问问，但是作罢。

眼前那个小孩和那个老头又开始咳嗽了。明明都咳成那样子了，口罩还是不罩紧，四面漏风的。而且一点儿没有伸手挡一下嘴巴的意思。那个小孩在读一本名字叫《交通工具》的书。那个老头读着一本名叫《朝气蓬勃》的书。小孩和老头就好像来这儿观光似的，看上去傻乎乎的，还很迟钝。可能就是因为这个吧，大家有时候会觉得老人和小孩很像。还有人跟他们说话都用"宝宝语"呢。我也被那种女人用"宝宝语"搭过话，明明她们自己岁数也不小了，只是打扮得显小而已。普通成年人能做到的事，小孩子和老年人就做不到。这么看来，他们倒也确实很像。可是我观察了一大圈下来，感觉人们对小孩还是要比对老年人宽容得多。毕竟，老年人已经不可爱了，而且谁都怕变老。所以会被人当成烦人精。说起来，年轻的时候，谁还不是打心眼里发誓：自己以后绝不要变老。就连我自己当初也是这么觉得的啊。绝不要变老！我一边心里这么想着，一边嫌弃老人烦。这也是没办法的事啦。可是，不知不觉间，我也一点点变老了，等反应过来的时候，我已经老得遮都遮不住了。看来，这是我嫌弃老年人的报应啊。果不其然，我现在也成了别人眼中的烦人精。每当出现这种情况，直接发火可就算输了。发火的事，老头子会那么干，老太太可不会。老头子一般都比较恶劣，他们之前已经做了什么校长园长社长部长了，退了休也还会一直抖威风。大家都是看这种老头可怜，虽然没表现出来，但是心里头啧啧啧呢。可这种老头子根本意识不到这些，所以一发现人家当他是老年人，就立马发火了，是吧？

哎呀，我越来越觉得，生来不是个老头子，实在太好了。

啊，不过呢，在这帮老头子里，偶尔也会出现个好老头。比如米山老爹啥的。米山老爹以前是个渔夫。"虽然不种大米，但是我叫米山。虽然不在山里而是在海里，可是我叫米山。"米山老爹每次都是这么一脸认真地介绍自己，于是大家都被他的自我介绍逗得捧腹大笑。米山老爹才刚来呢，有时候自己都不清楚自己在干啥。他有时候做的事情特有意思，偶尔还会乘兴说几句英语。他以前好像给进驻军擦过靴子，可能是那会儿学的吧。

米山老爹，真是傻得可爱呢。

日间护理公司明日柏的咪酱他们都这么说米山老爹。

明日柏的咪酱穿的是鲑鱼粉色有领制服。同时呢，还会有另一家叫微微笑的日间护理公司过来，那边的咪酱们穿的是黄绿色的有领制服。这些照顾老年人的咪酱一般都会穿着带颜色的制服。那种衣服伸缩性好，方便活动。而且就算稍微沾上点屎尿啥的，也不会像弄到白衣服上那么显眼。不过也一眼看得出他们的地位比穿白衣服的低了。

嗯。我是这么想的。

不过，嗜，总而言之，成了老年人之后，一旦像其他老头子那样抖威风就输了，不过只要能说些或者做些逗趣儿的事，就算赢。

比如说哦，如果对方问"您一切都好吗？"的时候。这个问题，仔细一琢磨，其实挺怪的。你想啊，人上了岁数，肯定这儿疼那儿痒的，怎么可能一切都好？但是年轻人可不明白这个道理。嗯，所以他们会问"您一切都好吗？"，是吧？接下来的回答就是一决胜负的时候了。可是呢，大部分老年人都不知道这个一决胜负的关键时机。所以啊，就算有点什么头疼脑热不得劲儿，他们也会出于好胜心回答：

一切都好，托您的福。

是吧？会这么回答对吧？哎呀，这回答可就错了。越是想表现得身体很好，越是想表现得年轻些，越是不行。难得的机会都白白浪费了。对了对了，我以前呀，养过一只叫"机会"的狗呢，杂种狗。脑子特灵光。真的特别聪明。咦？

我刚刚在说什么来着?哦,对了,被人问"您一切都好吗?"的时候该怎么回答,是吧?这个问题呢,其实没有什么正确答案,对,就像人生一样。如果人生有答案,老年人也就不必受苦了。大家也不会为这样那样的事情感到后悔了。大家,大部分的老年人,都在后悔呢。相亲结婚的人啊,会后悔没能好好谈场恋爱。比较少有的那种恋爱结婚的人呢,很多都是不顾家人反对才结的,好多至今还在为金钱苦恼,这样的人上了岁数,又会觉得"早知道变成这样,不如当初听家里的去相亲啊"。老太太里头呢,十之八九已经死了老伴。婚姻生活已经终结了,盖了棺了,但她们还在念叨这个事儿呢。好傻啊,反反复复一直在念叨这些呢。

　　这就是人生啊。

咦？我本来是在说什么来着？聊到什么来着？

嗐，算了，无所谓了。

安田女士，安田佳景女士。

欸！有人喊我名字。我想站起来，结果没站起来。哎呀，试着往起站，结果失败了啊。因为我还下意识觉得自己能站起来呢。虽然已经上岁数了，但下意识地，还以为自己的身体停留在之前能站起来的岁数呢。虽然满头白发了，但下意识地，还以为自己的头发也停留在之前能烫卷发的岁数呢。其实，我根本没烫过卷儿。我没别的意思，只是想表现得年轻些，结果失败了。搞成这个样子，啊！真丢人啊。

我低着头。因为咪酱就在我旁边，所以我故意地，有点夸张地低着头。

于是，咪酱不失时机地帮了我，她说：用那

个行礼的动作。于是我说：是，您好。然后顺势行礼。于是，我就自然而然地站起来了。今天的咪酱身材高大，体格也好，没化妆，是个看上去很专业的咪酱。她之前也来过几次，手掌冰凉凉的。她的手今天也一样很凉。虽然手很凉，但是给人一种特别放心的感觉，所以我也能放心地迈开步子了。

啊啊啊。

可是，我还是觉得好丢人。我穿着纸尿裤，迈着外八的步子，手被人牵着，吭哧吭哧地好像幼儿蹒跚学步一样……说实话，我是真没想到自己能活到这把岁数啊。再过一阵子我可能就彻底走不了了，只能爬了吧。

好像，好像大家都在往我这边看。

诊室的门就在眼前，可是它好遥远，仿佛一

辈子都走不到了似的。

好不容易走进屋,我在一把圆圆的凳子上坐了下来。让病人坐一把不太稳的小圆凳子,对面的女医生坐的却是带扶手、高规格、超级稳定的大椅子。咪酱和护士们只能站着,好可怜。

上次尿检发现少量蛋白,这次尿样里没有了。血糖血脂的数值和上次差不多。

女医生一边看着机器屏幕一边告诉咪酱,完全无视我本人。

以防万一,开个药吧。

那是什么药呢?

问问也就丢人那么一秒,还是问吧。那个,大夫……吃太多药的话,肚子好胀。我本来就吃不下多少东西的。每次吃药,都是硬吃下去,肚子胀得受不了啊。苦哇，苦得不行。可是再减掉一部分饭，我腿就没劲儿了。大夫您瞧瞧，我腿弯成这个样子了，看来工作过度了，确实不好啊。因为我一直在踩缝纫机呢。我背着孩子，咔嗒咔嗒咔嗒地踩呀，一直一直在踩缝纫机。我会用缝纫机做衬裙，上面缝了满满的蕾丝边。还会做胸罩，做内裤。全都是用那种丝绸料子做的呢。工作做得好，管事儿的就会夸我，我就能拿到更多的工作。是吧？驻军太太的内衣三件套都是我做的。让我做天蓝色我就做天蓝色，让我做茶褐色我就做茶褐色，让我做火红色我就做火红色，让我做深黑色我就做深黑色，三件套，按尺寸放盒子里。可是那些外国人啊，胸怎么都那么大个儿啊。有一回我踩着缝纫机，一打眼就看到罩杯里趴着一个野猫，在那儿睡午觉呢。吓我一跳，看来躺在那罩杯里头肯定特别舒服吧。我就做这些，然后呢，然后就是那个。吃午饭的时候，卖蔬菜水果的小贩儿来了，然后不是会在玄关那头跟咱说话嘛，那个小贩儿把身上扛的行李全放下了。不晓得他啥意思啊，是当我傻吗？还嚷着：快给我拿茶水！我给那人端了茶。他开始吃他自己卖的萩饼。他还说了会给我剩下，我以为他送我的，没想到还跟我要钱了。我白端给他茶，还掏钱买了吃剩的萩饼，明明我也不咋爱吃萩饼。所以我时不时地就想啊，我不能让人当成傻子。可是我个头儿只有这么一丁点儿，我现在穿的还是我孙子读小学时候穿的衣服呢。所以呀，大夫……大夫……

女医生摆出假装没听到的样子，噼里啪啦地敲着那个机器。

你这人……我真忍不住想说她。你怎么能这

样？那可是开始耳背的老年人才会搬出来的秘密武器，让你用了，这可不太好吧。只有老年人用了，才有那种可爱的、有趣的感觉呢。只听想听的，不爱听就假装耳背。来这套，是吧？

但是，她所做的单纯就是无视。被无视的一方会显得很凄凉，那是一种超越了愤怒的凄惨。因为我被大夫当成傻子了啊。事已至此，活着和死了也都没什么区别了。跟个小猫小狗没区别了。

不过，像大哥那样去上了学，然后被老师打，然后辍学，进了黑道，开始开柏青哥店[①]，然后嗑药上了瘾，柏青哥也干倒闭了，像他这样干了那么多事儿的人，其实大家心里都觉得他傻，但又更害怕他，所以才表面上假装不把他当傻子。有很多做日间护理的人也认识大哥。大部分都是本

---

① 柏青哥是在日本很流行的一种弹珠游戏机，有赌博性质。

地人,大哥死了好久了,本地的大部分人还记得他。到现在还是这样。说那个在车站前开了两家柏青哥的金子,很有名的。我不是吹嘘,大哥以前真的是个名人。

对对,那个日间护理机构里还有大哥的女人。广濑大姐。广濑大姐的大腿上文了个辩才天①,还文了满背的莲花。那把岁数还涂脂抹粉,眉毛画得黑黑的,棱角分明。搽大红色的口红。真是,罪孽深重。进了澡堂子之后为了不把妆搞花,还特意不洗脸。可是她脸上一道道的汗淌下来。泡完了澡,她赶紧跑去补妆。黏糊糊地糊上。那个样子真是别提多好笑了,可我一盯着她看,她就凶神恶煞地瞪着我。广濑大姐本来就不咋喜欢我。好像也没啥原因,就单纯不喜欢吧。广濑大姐的

---

① 又称大辩才天,辩才天女等,是印度教与佛教中的一位天神。

缝纫机与金鱼

罪孽属于哪种呢，算淫罪吧。看她那样子，真觉着她可怜，可怜得要命啊。

对了，刚刚说到哪儿了？

请问，您开的是什么药？

咪酱问。

那个女医生"哈？"了一声，把椅子转过来，冲着我们。

您说要加药，新增的是什么药呢？病人比较在意这一点。

啊，是吗？开的是碳酸锂片。

……碳酸锂，为什么要给她开抗躁狂症的药？两年前曾经给她开过这种药吧？当时佳景女士服用过后整日都处在嗜睡状态中，有一天还跌进床和墙壁的缝隙里动弹不得，非常危险。她家里没有人反映过这件事吗？

……没有啊……没听谁反映过这事儿啊……

是吗？总之，当时她停用碳酸锂之后状态就恢复了。后来她也没有再服用过抗躁狂症类的药物，我虽然不清楚具体是出于什么原因没有再开这个药，但我认为这样做是比较合理的。那这回您为什么又要让她吃这个药了呢？

这个嘛，问题不在她本人怎么样，问题在周围人被她闹得很烦吧？一直处在这种亢奋状态，喋喋不休，不会觉得很烦吗？

谁？谁觉得很烦？

她家里人啊。

她的家人每周只来一次，一次只陪她两个小时。

那你们呢？不烦吗？你们在等待室说话，声音都传到我这儿了。总之，得先把她这个过度亢奋的情况控制住才行。

女医生说话时带着一副逼别人对她感恩戴德的样子。老套,像那些自大老头子一样。

这是我们的工作。我不觉得烦。她不需要抗躁狂症的药。

咪酱的表情逐渐变得仿佛一辆坦克。

好,那药还按之前的吃。但是开药这个事儿,我会跟她家里人联系的。包括我要开药但是护工拦着不让的事儿,我也会跟她家里人说的。好了,你们走吧。

对方显露出很明显的鄙夷态度,冷淡生硬地赶我们走。

嘿咻。我努力想要站起来,结果失败了。唉,看来靠自己真是站不起来了。就在这时,我发现了,咪酱的手正按着我的肩膀。

医生,您去过外国吗?

咪酱冷不防来了这么一句。

您在外国,哭过吗?

女医生噎住了,她瞪着咪酱。

噢噢噢噢!

这位咪酱,真有两下子呢。

服用碳酸锂期间,佳景女士想自行如厕,结果身体无力,摔进了床和墙面之间的缝隙里,就那么动弹不得长达十余小时。那天本来应该是她家里人去看护的。结果是我们公司这边接到电话,听她家人说一到她家发现出了大事,搞不定,要我们去帮忙。我们接到电话的时间,已经是夜里八点多了。

我们急忙赶到她家,发现佳景女士就紧紧地卡在床和墙面的缝隙里,嘴里还在喊救命,嗓子已经彻底哑了。

她家里人，我们所长，还有我，三个人合力，费了好大的功夫才把她从缝隙里拖出来。佳景女士全身都沾满了稀软的粪便。一读那个药物说明书，上面的注意栏写了"可能出现腹泻"几个字。

…………

医生，如果头发上沾了屎，就算怎么擦怎么洗，还是去不掉那个屎臭味的，好几天都不会散的。

…………

医生，如果佳景女士是您的母亲，您也会给她吃您开的抗躁狂症的药吗？

咪酱的声音振聋发聩。低音的振动回荡在房间里，甚至将药架子上的薄玻璃都震得吱吱响。

…………

紧张感涌上来了。

手心冒汗了。

女医生张嘴准备说话,正在这时,咪酱对我说:摆一个鞠躬行礼的姿势,眼睛瞧着肚脐方向,站起来。于是我说着:欸,您好。顺着这个劲儿就一下站了起来。

那么,告辞了。咪酱说。打扰您了。我说。然后我,虽然做不到大步流星离开,但也加油努力,趔趄着迈步往前走。

走出去几步后,我转过头。

只见那个女医生依然一言不发,描得棱角分明的两条眉毛之间皱出一道深深的沟。眼睛瞪向远处,不知在看着什么。

回程,我坐了轮椅。

中途,咪酱还去自动贩卖机给我买了凉凉的果汁。给您喝果汁的事情,可要保密哦。咪酱说罢，把我推到了阴凉地儿，我摘了口罩，大口大口地喝着。

真好喝哦，谢谢您哦。

我向她道谢。我能看得出来，咪酱脸上的表情有些难过。

佳景女士。

欸。

下次看护保险更新的时候，您的看护等级可能会提高。

欸。

或许，也有可能下降。

欸。

如果下降的话，家访的次数可能会减少，看护日的天数也会下降。

欸。啊，可是，我不想要日间护理的次数减

少呢。

是吗？佳景女士，我不知道您这么喜欢日间护理。

咪酱被我吓了一跳。

其实呀，咪酱。我悄悄跟您讲哦，我喜欢的不是日间护理，我喜欢的是……

说实话，我不知道该不该把心里话讲出来。

佳景女士。

欸。

我摆正了姿势。

那个，嗯，我想问您一个有些唐突的问题。

欸。

终于来了。终于，来了。那个决定性的，决定性的什么。

佳景女士。

欸。

佳景女士，回顾自己的一生，您觉得自己过得幸福吗？

啊？

佳景女士的一生，过得幸福吗？

突然。突然问了我这样一个问题，就好像我的人生已经终结了似的。这个问题催着我回望过往，而且，是我自己的过往。要说大哥的过往，广濑大姐的过往，那我还可以差不离儿地说两句。那个人呀一辈子过得波澜万丈，虽然不见得幸福，但肯定一生无悔。总之就是这类的，不用负什么责任地随口品评那么两句，这我还是做得到的。可是，若要问我自己这一生过得是否幸福，我其实没想过。所以，说实话，我不知道。

我定定地，定定地看着咪酱的脸。咪酱的表

情认真极了。

　　真没办法呀,那我就把自己的人生,原样给你讲一讲好了。

　　从哪儿讲起呢?我爹,是个做盒子的。这个工作,就是把纸样摆在厚纸板上画线,然后剪裁组装起来,再在上面贴上好看的和纸和布料。这种盒子里边放的是豆包或者糖做的鲷鱼形点心,一般都是用来当庆典礼品的。做盒子的手艺人,是手艺人里头的吊车尾。所以在有架子工泥瓦匠一类人的热闹地方,干我爹这行的肯定会让人瞧不起呢。因为在外头被人瞧不起,所以他在家里特别爱摆威风,揍我娘。没什么理由,就是无端迁怒。我娘的鼓膜被打裂了,鼓膜破裂时内侧溅出了血,淤在了她的眼底,结果她两眼的大部分都是黑的,看不见东西了。可是我娘啥也没说,也没去看大夫，光自己忍着。等到奶奶，就是我娘的婆婆觉着她有点怪怪的，就喊了大夫来家里给她瞧，结果已经来不及了，耳朵和眼睛都没得治了。明治时期的女人啊，大概都特别能忍吧。奶奶特别能忍，我娘也特别能忍。忍啊，忍啊，苦着，累着，后来刚生了我人就没了。所以我都没见过她，只能从结婚照片上看见她的样子。我娘刚死，后妈就嫁进来了。后妈以前是个八兵卫。八兵卫，就是出来卖的。要去成田山参拜的话，一天不是到不了那地方吗？就得找个住宿的地儿是吧？后妈就是我爹在那儿找的。去的时候来一把，回来的时候来一把，这就是他们那儿卖淫的为啥会叫"八兵卫"[①]

---

① 此地的暗娼招揽客人时会说"為べえ、為べえ(shibee shibee)"，和日语"四兵卫(shibee)"的发音相同，所以人们戏称"去时四兵卫，回时四兵卫，加在一起就是八兵卫"，并由此将下总国（千叶）一带的卖淫妇女戏称为"八兵卫"。

喽。这说法真是妙。能想出这个谐音的绝不是一般人哦。是吧？我爹呢，就在那儿买了个女人。我这后妈，原本就是个卖淫女。她把我哥和我视为眼中钉，一有机会就虐待我俩，拿柴火抽我们。每天每天地打，无数次无数次地打。好疼啊，疼得快死了。每天早上一睁开眼就会想起：啊，今天又要挨揍了。所以每晚睡前，我都在心里默念无数次：希望明天我再也不用醒过来。可是很快天就亮了，我心里就要开始哀叹：好难过啊，今天又要挨打了啊。越这么想越会被打。每天，每天都会被打。她还说，佳景脑子太笨了，根本不想管她。然后就把我扔给我大哥说：你带她吧。接着就瞅准我爹不在家的机会，跑去和不知哪儿来的年轻人玩儿去了。我哥也不管我，他把我扔给阿大，自己玩儿去了。阿大之所以叫阿大，就是因为她真的很大。她来我家的时候就特别大，是只特别大特别大的狗。听说可能有纪州犬或者秋田犬呀狼啊一类的血统，咱也不知道是不是真的。有一回，阿大生了一窝五只小狗，但不知道父亲是谁。于是我大哥就浑水摸鱼，趁乱把小狗拿去卖了，把我塞给了阿大。所以啊，我是喝阿大的奶长大的。我开始有点记忆的时候，都还喝过阿大的奶呢。我依稀还有印象呢。那个，你可别说出去哦，我偷偷告诉你，我啊，我还喊过阿大"娘"呢。虽然和生我的娘，还有后妈不一样。但是，该怎么说呢？我就是对阿大喊过"娘"呢。我从很小很小的时候起就要给家里卖命干活，家里也基本没让我去念过什么书。但是我靠自己学会了读报纸。因为从旁边看，读报纸时候的架势特别好。特别特别有派头，对吧？所以我就偷偷背着我后妈，努力地练习认那些旧报纸上头的字……

佳景女士。

欸。

我现在正在离婚调停。我丈夫经营了一家公司，是负责废品回收、打扫垃圾成山的房间、给孤独死或者自杀的人做遗物整理的。生意很好。而且，除了正经拿到的那笔收入外，还有一笔没记在账上的收入，是通过私吞一些遗属不知道的现金和金银珠宝得来的。可是，除了付房子的贷款，生活费他一分都不往家里拿。没办法，我就只能像现在这样拼命干活，把一家人的生活费都干出来。可是，我真的好疲惫。我和他说我想离婚。他说那你净身出户吧，把孩子留下。我丈夫从没爱过孩子。他甚至觉得小孩很碍眼。说实话，无论是我还是孩子,他都觉得碍眼。那个人啊,他根本不适合结婚。吝啬鬼大多不适合结婚。可是,吝啬鬼会为了在社会上给自己一个体面,为了白嫖女人,所以选择结婚。当然,吝啬鬼也不舍得花钱做什么避孕措施,所以才会让女人怀了孕。因为不舍得花钱堕胎,所以有了儿子女儿。孩子真的好可怜。他不会给孩子买什么像样的玩具,也从来没带着家里人一起出门玩儿过。眼下我们在争执的问题是养育费。总之呢,他不肯付养育费,所以坚持要我把孩子留下,净身出户。那家伙根本不知道小孩衣食住行的费用、医疗费、学费,这些都花了多少钱。但其实他只要简单算算,就知道我要的养育费根本就不多,非常有良心了。可他却说什么"花出去的钱我不想算"一类的混账话。我本来都想好了,干脆不要他的养育费算了。可是我又很担心,不知道自己付了房租还能不能活下去。现在虽然还在调停,可调停每次都以破裂告终。再这么继续下去,我们早晚法庭见。可是我根本没钱请律师,这么一来,我的孩子就会被抢走。

咪酱一口气说了一堆话,然后沉默了。

我好想阿大。不知该如何是好的时候,我就会想阿大。回忆她身上的味道。分开她身上的毛,能闻到她皮肤的味道。毛茸茸暖乎乎的味道。想着想着,我又想起了机会。阿大是一只非常温和的、聪明的狗。机会是健一郎不知从哪儿捡的杂种狗。不知道是啥时候来我家的。但绝对是只杂种狗没错。不过,他也特别聪明。这俩狗狗都很会听命令。只要说一声"等着",那甭管他们眼前是什么爱吃的肉骨头或其他食物,只要没说"吃吧"这两个字,他们就会一直等着。一直一直地等下去。

等待机会。

我说。关于咪酱的人生啊,我想说点什么,想说点什么很帅气的话。于是就说了这么四个字。

哎呀,至少是这么个意思吧。

咪酱的眼睛睁得大大的,望着我。然后她抓着我的手哭了。

咪酱呀,是在海老川岸边哭泣的女人。

咪酱的手还是那么冰凉,那么柔软。

我们俩手拉着手,某种强烈的感情狠狠揪着我的心。正在这时,邻居家的那个,就是那个,哎呀,名字想不起来了。就是常见到的那个,从对面凑过来问:

哎呀呀,这不是安田阿婆吗?最近身体还好吗?

这人一句话，把我们难得的气氛都打破了。

半截身子入土了。

我冷淡地回答。那个不记得名字但是总见到的那个人便摆出一个客套的笑，回了话："身体好可比啥都强呢。下回给您拿点我家煮的白萝卜。阿婆你不是很爱吃煮萝卜吗？是吧？白萝卜。"那人一边有一搭没一搭地瞥着我身边的咪酱，一边说些不走心的话，然后离开了。

黄土埋脖子根了。

下回这人要是再来问我"最近身体还好吗？"就这么回答。我心里暗暗想。可是下次再见我肯定给忘了。但是我希望咪酱至少能记得。于是我就偷偷告诉她了。

哈哈哈哈。她笑了起来。

体格健壮，看上去很有匠人气质的咪酱。我

还是第一次听到她的笑声呢。她的声音直冲向蓝天,响彻了这个夏日。真是有一把好嗓子啊。

天亮了。

今天的清早,也如期而至。

该感谢,还是该惋惜呢。

我看着自己的手。

又把手翻个面,看看手背。

住在我家附近的奶奶,是唯一疼爱我的人。她死前曾一个劲儿地看着手里的小镜子。

奶奶,镜子里能看到什么啊?

能看到花。能看到好多好多的花。

是……什么花啊?

哎呀,就是那个,叫什么花来着?白白的,但是花瓣根部是红色的。那个叫啥花来着?我给佳景也看看吧,你看。

…………

奶奶把手伸给我,她的手心和年轻时一样,肉厚饱满。大家都说奶奶的手相是抓粪的手。"粪"和"运"谐音,所以这种手相能抓好运。她婆家软磨硬泡好容易把她娶进了门。可是她平时一直都在干活,出着男人的力气。每年正月还要回娘家帮忙,从年初到年末,从早到晚,没有一分钟闲着。又苦又累,最后贫困交加,走向生命尽头。

佳景,女人啊,一定要学个手艺才行啊。不然很亏的。

奶奶说。她总是这么对我说。

嗯,不过呢,就算是我这双没啥本领的手,手心里也开出了这么多漂亮的花呢。

奶奶说完这句话，就发出了响亮的鼾声。当晚，她就死了。

奶奶看到的花，我到底还是连一片花瓣都没看见。

今天——

看着我这双手，这双里里外外长满了皱纹的手。我心底涌起一种"又活了一天，今天我还活着，也不知道该高兴还是该难过"的念头。我听了奶奶的劝，学了手艺，会用缝纫机在内衣最边沿缀一圈蕾丝。还自己设计了上等的薄纱织物，为了保证薄料子不被扯坏，我把上线和梭芯线都缠得很松，一点点地、慢慢地缀，生怕把料子缀坏。这个办法也是我自己想的。管事儿的把我大大地表扬了一番，还拿着我做好的样品给大家传阅。有的人找到我这儿拍我的马屁，一口一个"老师"地喊着我,想把我的点子偷走。但我对任何人都不吝啬,谁来问我都会把做法步骤认认真真地教给对方。有人扔了不少钱给我。但是没有一个人是拿着点心盒子来问候我的。大家嘴上"老师、老师"的,喊我喊得毕恭毕敬,其实心里都瞧不上我呢。我破衣烂衫的,背着小孩踩着缝纫机。虽然管事儿的总夸赞我,可我拿的钱却比大家少很多。这件事也是后来的后来我才知道的。是后来新的那个管事儿的看我可怜,把我挖去他那儿做事之后,告诉我的。

我忙得不可开交,但又搞不清自己攒了多少钱。因为存折被我大哥拿着呢。我打听不到自己赚了多少。这些钱兜兜转转地去了哪儿,我也不知道。我还试过把家里翻了个底儿朝天,拼命地找,结果也只找出一两枚五日元、十日元的钢镚儿。我真是心慌得要命。

啊，不过，那些有的没的，光思考是思考不明白的。只是脑子里想，一切都不会往前走。道理我懂，可一旦开始这这那那地想来想去，经常一眨眼就过去了一小时或两小时。真让人头疼。

说起来，既然今天还活着，那从醒过来开始就要忙活起来了。先得去厕所小解。然后还要去拿报纸。之前有一回，我早上醒了后有点磨蹭，没及时去取报纸，结果让那个咪酱，哪家的咪酱我也忘了，反正来护理的咪酱拿着备用钥匙来开门时，看到门口信箱里头的报纸没拿走，担心坏了。还说"我以为佳景女士晕倒了呢"。让她担心了，心里真是不忍。所以我得打开玄关的信箱锁，把报纸拿走才行。最重要的是，不看一眼报纸我根本想不起今天是哪一年的哪月哪日。

感觉有点儿冷,现在应该是冬天吧?可是冷气还在吹风,那说不定是夏天?

嘿咻。哎呀,不行。今天身体状态不怎么好。扶着围栏也爬不起来。躺着等咪酱来?不不,要那样的话,咪酱过来就只能用备用钥匙开门了,这样会让她担些多余的心,太可怜了。我可不能偷这个懒呢。总之,先把被子掀开吧。用脚蹬,把身上的被子蹬下去。然后翻个身。屁股蹭到床铺最边边上,打横过来,然后反手抓围栏,胳膊肘使劲儿。肚脐眼和胳膊肘一起用劲儿,像要把围栏拉到自己眼前一样,嘿!上身就起来了。

就是现在!

嘿咻!大喝一声,趁这个劲儿坐了起来。

好。接下来要站起来咯。

欸,您好。

说出这句话，然后摆出鞠躬的动作，我就站起来了。好。接下来是迈步。

嘿，嘿，吼。

缝纫机、橱柜、隔扇边缘、走廊上的扶手、厕所门上的把手、厕所入口的扶手、窗边的扶手。按顺序扶着走。最后再倒成左手，转换方向。一步一步走得扎实。右手同时抓着裤子和衬裤，往一边褪下去一些。左边褪，右边褪，再左边褪。反反复复无数次，直到把裤子褪到膝盖下头。然后再照着同样的办法褪纸尿裤。左边褪，右边褪，反反复复无数次。总算把屁股全露出来了，这才算数。

脱出了一身的汗，热得不行。看来今天是夏天。

好，可以坐下了。嘿咻。

坐下的瞬间就淌出尿来了。好险。

啊呀。

从厕所的小窗口能看到外面的天空,天上长出了毛茸茸厚墩墩的积雨云。小麻雀叽叽喳喳地叫着。尿液滴滴答答,滴滴答答,细细地往外淌。久久停不下来。

今天是八月二十三日。

我对着报纸上的日子和日历的时间,搞清楚了今天是哪一天。

八月二十三日。星期日。家人上门。

日历上写着这些字。我又看了一遍,内容还是没变。因为今天是周日,所以咪酱不会来,也不会有日间护理。有咪酱的时候我就很放心。无论是微微笑的咪酱,还是明日柏的咪酱。都是温柔的咪酱。嗯,偶尔也会有一些坏心眼儿的家伙上门,但那种人大多连声招呼都不打就很快消失了。

啊——可是今天,今天不是这样的。好讨厌啊。我心里想着,吸溜着茶水。这是昨天傍晚咪酱来的时候给我倒的,现在已经是隔夜茶了。茶水和尿一个颜色。真难喝。

今天儿媳会来。

儿媳戴着一个鲜艳的亮粉色口罩,还抱着"Yamaichi超市"和"东武百货"的袋子,成人纸尿裤,还有铺在床上的"大型犬用尿垫"。没说"您好",没说"打扰了",而是轰隆轰隆地走进了屋。

老太婆,还活着吗?她突然开口就是这么一句。

半截身子入土了。

话没说完,脑袋就被拍了一巴掌。老太婆,就知道嘴硬,你怎么不管好你自己呢?啊,对了,氧化镁你吃了吗？昨天的？昨天傍晚来的护工给你吃过了没？

我不知道。

啊，烦死了。就算你现在吃了也赶不及了。给你洗肠子吧。快去厕所。可是我才刚去过厕所。但是你没拉屎啊？看你肚子胀得这么鼓了！你想想前阵子，你嚷着肚子疼，摔在地上打滚。把救护车都喊来了。结果搞了半天是粪便栓塞，大夫嫌弃坏了，说下回这种破事儿不要再喊救护车了。所以这种事儿我可不想再经历一次了哦。起来，去厕所。不然呢？让明天上门的护工给你抠大便吗？手指头戳你屁眼里给你抠大便？我不想那样。那不就得了？快走。她把我拎起来，我像被抓着后颈皮提溜起来的野猫，一路被拖到厕所里。

快，站起来。她扯着我裤子的皮筋，强迫我

站了起来。我的裤子被剥了下去,纸尿裤的两边被扯破了,然后也被剥了下来。今天纸尿裤怎么没湿啊?欸,我刚刚自己换过的。

啧,浪费一条纸尿裤。

所以啊,我说过的啊,我才刚去过厕所。

我心里默默嘀咕了一句。我这个儿媳,只要事情如意就说是自己的功劳,不如意就全是别人闯了祸。

凭什么让我伺候你到这个地步啊?开什么玩笑?妈的。儿媳一直在抱怨。她戴了两层手套,开始给我灌肠。

来,背冲着我,对着这头撅屁股。

没办法,我只能撅起屁股。

啊。

紧接着。

脚边滚落下什么东西,仔细一看。是屎蛋子。

我用脚尖踢了一下。然后被儿媳一巴掌扇在头顶。

见过直接光脚踢大便的吗?蠢货。

啊。又掉下来一个屎蛋子。但是不想挨打了。所以这回我没踢它。

啊。我把屎拉到坐便器外头了。

因为实在是不知道啊。我给自己找借口。

实在不知道啥时候会拉出来啊。

臭老太婆拉臭屎蛋子,能说成段子了。

儿媳说着,用卫生纸拈着圆圆的、形状恰到好处的屎蛋子,把它们扔进了便缸。然后又拿湿毛巾使劲蹭了蹭地板,再蹭蹭脚,擦擦我的屁股。最后隔着橡胶手套冲我屁股打了一巴掌。

喊。

做完这一切，儿媳很大声地咂了咂舌。不该是我更想咂舌吗？

呸，真臭，臭死了。

她一边说，一边胡乱喷着除味喷雾。

她冲着坐便器和地板咻咻喷着喷雾，一个劲儿地乱喷，甚至喷到了我手上。

我仔细望着凑过来的儿媳的脸。

她爱扮嫩，甚至看不出现在多大岁数了。而且戴着口罩，只能看到上半张脸。不过凑近了就能看到眼睛周围有无数的小皱纹。所以，她应该年纪不小了。

那个，请问……我战战兢兢地开口问。

健一郎他，今天不来吗？

你说啥？

脸长得又歪又扁的儿媳，此刻看上去好像更

上年纪了。

你这老太婆啊，真是的。

她煞有介事地发出一声夸张的叹息。

健一郎呀，你的那个独苗儿子啊，他不是两年前就死了吗？

啊啊啊？

你听清楚了没有啊老太婆？你的独生子，就是我的丈夫，健一郎，两年前，他，就，死了。

为什么？

为什么？你问为什么？你连他咋死的都忘了？我看你也真是快了。

……原来是这样，原来健一郎已经死了啊。怪不得，怪不得最近，都没见着他了。

健一郎是被娇惯大的，所以很任性。虽然懦弱，但又很不服输，爱慕虚荣。他说想去读大学，我就东拼西凑地费了好大力气才攒够了他入学的学费，结果没出俩月他就不读了。明明还欠着别人的钱，却还要买车，要考什么开船的执照，净说些不着调的话。工作干不了几天就跑路，然后再找个工作，没几天又不干了。反反复复，从来没坚持下来过。

可是，健一郎他，真的很可爱。他长了双下垂眼，一笑还露着虎牙。他也知道自己这样子讨喜，走到哪儿都笑嘻嘻的。对了，他很像那个，叫什么来着……那个有点小帅的汤原某某人，健一郎有点像他呢。就是有种说不上来的可爱呢。可能就是因为这个原因，所以也很受女人欢迎。于是他就得意忘形，还故意吸烟不过肺地摆样子。于是更受欢迎了。

可是，女人之中，也有好女人和坏女人的。

女人不分好坏地一股脑涌上来，他也搞不清好坏之分，最终就摊上了这么一个老婆啊。

啊，可是，可是他为什么死了啊？健一郎，他究竟几岁了呢？

是自杀哦。

…………

在车里烧炭。烧炭自杀的。因为打柏青哥欠钱还不起。就自杀了。

…………

死的时候六十岁。花甲刚过呢。

……啊啊……是这样……真是因果循环啊。那也都是从我大哥和我丈夫血液里遗传过去的吧。他和我大哥还有丈夫一样，命里就是要打柏青哥啊。

造孽啊。报应啊。

对了，老太婆，你吃东西了吗？

没有。

那你吃吧。给你买了鳗鱼饭。

啊。我心里想。真讨厌啊。我心里想。儿媳一旦这样媚声媚气地和我说话,背后一定有什么缘由。而且,我讨厌鳗鱼饭。小时候大哥赌博赢了就买鳗鱼饭回来,结果我吃的时候鱼骨头扎了嗓子,遭了老大的罪。饭粒不嚼,直接咽,也没把刺带下去。最后只好去了肥后耳鼻喉科,拿绷带先把舌头缠上,再拽出来老长,最后用一把巨大的镊子探进嗓子眼里夹出了那根鱼刺。

我讨厌鳗鱼饭。我知道。儿媳立刻回答。可是吃了鳗鱼饭更有体力对吧?把它吃了,再吃点黑蒜,精神头足足的,长命百岁活下去吧,老太婆。

可不可以不吃呢?不可以。为什么不可以呢?

我说你啊。儿媳扬起脸来,夸张地叹了口气。

阿实大哥，记得吗？阿实。前妻的儿子。

……欸。

阿实和我只差了八岁。是前妻的儿子。因为就只差八岁，所以他一直瞧不上我，也从来没喊过我娘。

我丈夫的前妻把阿实扔给他，偷偷跑了。于是他自暴自弃，去了我大哥开的柏青哥店。大哥开的店很黑心，贪得无厌。他，调钉师，还有店员，所有人都是一伙的。店员会和来玩的人说"那台机子能赢"，然后让这个客人每把都赢，随后开始敲他的竹杠。他们就靠着这个阴险手段赚得盆满钵满。像我丈夫那种老实巴交的人做冤大头正合适，于是我大哥就盯上了他，没费吹灰之力就把他骗了个底儿朝天。大哥说，把他浑身扒光了也不够还他输的钱，所以就把我给他了，算补上欠的。

反欠的。不是大哥欠钱所以拿我抵账，而是把我送出去，抵了对方欠他的账。

因为我丈夫是个在政府部门干活的老实人，所以没有半点挣扎，就老老实实接受了我。

我丈夫一直都是个沉默寡言又很老实本分的人，甚至到了让人根本不知道他在想什么的程度。他实在太沉默寡言了，我甚至都怀疑：他脑子里是不是什么都没想啊？所以，把我硬塞给他的时候，他也是一句抱怨都没有地接受了。

连干那事儿的时候，也一样。

大哥来了，说了句"你好好疼她吧"就走了。他走之后，我丈夫就完全听从大哥吩咐，顺从了他的指示。

干那事儿的时候，我能从丈夫肩膀上头看到挂钟。差不多五分钟就彻底结束了。

可是，就只干了五分钟，也能怀上孩子。

于是，健一郎出生了。

健一郎刚出生没多久，丈夫溜溜达达地出了门。

从那以后，他再也没回来。

我去他上班的单位打听。他上司出来了，见我穿着背宝宝用的短棉衣，背着一个头都还不会抬的婴儿，他从我穿的破草鞋尖尖，一直到我脑瓜顶，上上下下打量了一遍，然后大声说：

看来，才貌双全的太太跑了，安田君受了很大打击嘛。

没想到他都沦落到这种地步了！

说罢，他放声大笑起来。露出嘴里的大金牙。那些坐在办事窗口的同事，还有来办手续的客人，也被大金牙惹得哄堂大笑起来。

反正呢。我丈夫跑了。

他扔下阿实,我,还有健一郎。自己跑了。

丈夫人间蒸发之后,我也意识到了。

他看上去好像什么都没在想,但其实一定在想着什么。

比如——

他才貌双全的前妻一类的。

当时那么做就好了一类的。不那么做的话她就不会跑了一类的。已经太迟了一类的。说不定还赶得上一类的。

这些,他一定都想过的。

仔仔细细、认认真真地想过的。

像我一样。

这些,自他消失后,我一点点地都明白了。

已经太迟了。

当时我也这么想过的。

于是，对丈夫的离开，我也早早就放弃了纠结。

可是——

说不定，那时候一切或许还来得及呢。

如果跑去丈夫常去的地方，比如二手书店、老电影馆还有轻食咖啡馆一类的，去找一找，说不定还来得及呢。

要是找到了丈夫，我就尽量不和他对视，说点体贴周到的话。怎么样呢？

比如：厨房门那儿的电灯泡坏了哟。

这一类的。不埋怨也不恭维，但是给了个台阶下的这种话。

可是——

当时的我也没什么经验，所以就算真找到了丈夫，我觉得那种能给他台阶下的话，我也一个字都说不出来吧。

所以——

我马上就放弃了。没办法,我只好开始踩起了缝纫机。

日复一日,年复一年地踩着缝纫机。

啊,但是阿实,只有阿实啊,我真希望丈夫走的时候能带走他。我应付不来那孩子。茶叶柜抽屉的最里边有一张丈夫前妻的照片,阿实长得和他妈特别像。都是那种瘦削的瓜子脸,皮肤苍白。成天只知道抱怨别人。阿实从不喊我娘,只喊我佳景,我也都忍了。阿实不好好工作,也不愿意带健一郎,每天就往那儿一摊,打着呼噜睡大觉。搞得我更火了,踩缝纫机时也是怒气冲冲的。

结果现在把腿踩得这样弯,路都走不好了。真倒霉。

明明还听了奶奶的话,学了门手艺呢。真倒霉。

我说啊——

岁数不小了的儿媳坐在我面前，开口说：

阿实老头子啊，说是在蒸桑拿的地方晕倒了，其实是倒在了那种洗浴房里呢。都那把岁数了，竟然还去那种地方。就是开在花村剧场后门的那家洗浴房，特便宜的那种洗浴的。先在花村剧场看场脱衣舞，然后再去洗浴房。靠他那点儿退休金也能消费得起的那种便宜洗浴房。哈哈哈，太便宜了，也没法选人，全是些老太婆伺候呢。老头就是在那种地方搞出的马上风。结果救护车及时到了，救护的人嘛，想着死马当活马医，就给他做心脏按压，没想到竟然还给按活了。然后就被拉去医院了。等嫂子赶到的时候，医生跟她说，病人心跳停了二十多分钟，大脑受了不小的损伤，估计没法回归社会了。但是嫂子和民子，民子，还记得她不？就是嫂子的妹妹。她们俩拼命恳求医生，让医生给老头子好一通抢救。这都是前天我让亮太假借看望去侦查到的消息呢。亮太，知道亮太不？健一郎和我生的儿子。是你老太婆的孙子。

欸。亮太不是才读小学吗？这么小的孩子就能侦查到这么多信息呢，真厉害哦。我心里感慨。

对了，亮太读几年级了呀？

啥？几年级？亮太已经三十岁了。三十！三十而立咯。

是吗？他都长那么大了吗？

对，在你啥也不知道的时候，他一直在长呢。然后呢，他现在可是麦当劳的店长。厉害不？出人头地得超快对不对？我儿子可真是太厉害喽。

我不知道什么是洗浴房，也不知道什么是麦

当劳。但是我没问。什么都不问她都这么亢奋吵闹,再惹她,我怕她更吵了。

没错没错,那两个家伙真是坏透了。我说嫂子和民子。还说什么"就算我老公成植物人了,我也想让他活着"之类的话,两个人哭天抢地给大夫下跪磕头。于是呢,医院给他上了呼吸机,鼻子里插了管子,胃里插了管子,命根子上也插了管子,还连了个尿袋。然后胸上弄了一个,叫啥来着,CV还是啥的?就是直接能把药灌进去那个玩意儿,反正也插上了。大夫说只能做到这个程度了。她们又下跪抓着人家大夫袖子央求,于是医院又给老头腿根儿上插了个净化血液的管子,最后连肛门里都插了个体温计。

呵,还真是什么法子都敢用,这延命措施够可怕的。

延命？

对，延命。就是见死不救的反义词。延命。你想象一下吧。能起一身鸡皮疙瘩是吧？见死不救可比这样子延命强多了。

欸。

我不明白是什么意思，总之回应了一声。不过，在肛门插体温计这个我是知道的。机会身体不好的时候，快死了的时候，大哥就在它肛门里插了体温计。虽然后来他也把那个体温计洗了洗还给了我，但是我不想再用它了，就给扔一边了。

你知道她们为啥做到那个地步吗？

嗯。总之回应一声好了。

骗我呢吧？一巴掌又扇到我的头顶。欸。我不知道。

哼，你不知道也正常。

儿媳突然露出了一个假笑，挤眉弄眼的假笑。

她把之前一个劲儿地劝我"快吃快吃"的那盒鳗鱼饭，推到了餐桌对面。然后慢悠悠地从一个信封里拿出来好几张纸。

那这个呢？你知道这是什么吗？

欸。……不，我不知道。

那个信封上写了字，是"遗嘱"。所以说，这是一封遗嘱。可是，我不敢开口说话，因为有可能挨打。

这个呢，是遗嘱。这份是打草稿用的，这个是正式版本。这个呢，是信封。看好了。如今这东西市面上都有得卖了。这还是亮太在网上找到的呢。不愧是我儿子亮太。不愧是我能当店长的好儿子，不像他那死爹，我儿子还是随了我呢。有本事，能干事儿。能干大事儿呢！来，你看看，仔细看看。看清了吗?这个东西啊,和简历一样,照着模板就能写好了。简单得很。来,你先拿好。圆珠笔。虽然是百元店买的,下笔也挺顺滑,是吧?好,接下来你按我说的写。

…………

遗、嘱,写在这儿,这儿。

…………

圆珠笔摆在了那一沓纸上。

"遗嘱"这俩字,你看着这个信封写。和它写的一样就行。

…………

怎么了?是不是不会写啊?

不,会写的。我练习写字,练得很刻苦的。

那你快点写啊,快啊。

于是,我拼了命地想写下来。

想靠这次机会来扭转局势。

儿媳一直瞧不起我,现在我要把这俩字写得漂漂亮亮,让她哑口无言!

……可是……我写不出来。

我的手光是抓笔都费劲,抖个不停。

怎么了?儿媳盯着我看。她那双眼睛本来就肿成一道缝,现在还吊起了眼尾,特别吓人。

我急了。加把劲儿啊我这手。我在心里对着我的右手鼓着劲儿。右手,加油啊。只要能利利索索把字儿写出来,就可以让儿媳心服口服了。虽然腿脚不行了,但我这手还能握笔写字呢,这种程度的字我写得出来,一定写得出来。

可是,笔尖就只在纸上按了个点儿,就停下了。

……好像不行。

一直认为理所当然地做得到,可是不知不觉

间已经做不到了。本以为是轻而易举的事，没想到如此举步维艰。一滴水吧嗒落到了拼尽全力只能点出的那一点旁边。是眼泪。虽然是鼻子里滴出来的，但严格意义上讲，确实是眼泪。

儿媳大大地叹了口气。

那算了吧。你把这吃了吧。啊。

她用一种罕见的很温柔的语气说。

或许，儿媳现在的沮丧程度和我一样吧。

我们俩，面对着面，心平气和，但又筋疲力尽。

我讨厌鳗鱼饭。我知道。但是你也得吃。我很饱。吃不下。呵。那这个呢？

她摆了个东西在我面前。我凑近，仔仔细细地分辨。

啊。下意识喊出了声。

儿媳慢慢地，慢慢地把口罩摘了下来，脸上

露出一个奸笑。

奸笑着的儿媳的脸,和我小时候在节日庆典上的杂耍小屋看到的那个布面上绘着的吞蛇女,一模一样。

对。是豆沙长崎蛋糕哦。她说着,咧开大嘴摆出一个吃的动作。

啊啊啊,这个我喜欢。虽然都是豆沙馅,但是我不喜欢萩饼和大福。我喜欢豆沙长崎蛋糕。豆沙做成羊羹的口感,两边紧紧夹着三角形坯子的长崎蛋糕。

这个蛋糕特别好。这个蛋糕是软软的。我对着它伸出了手。

等等。

她喊住我。

先吃鳗鱼饭,吃一半也行,然后再吃蛋糕。

想吃蛋糕就得"等着"。阿大和机会都是脑子很灵的好狗狗，在听到"吃吧"之前，他们绝不会动嘴的。于是我心不甘情不愿地吃起了鳗鱼饭。磕磕绊绊、勉为其难地，吃了鳗鱼饭。

因为一块小蛋糕，我失去了理智。我竟然沦落到如此可悲的地步了。

哦，吃下去了嘛。欸。让我吃蛋糕吧。

喷，你怎么还记得啊？那还有这个呢，再把这个药也吃了才行。

等着。一直是等着，什么时候能听到"吃吧"呢？我再次勉为其难地伸出手。

我拿起了该吃的药。有挺多种的。

好，吃了它。

儿媳紧紧盯着我。

怎么了？吃了它，接下来就是蛋糕了哦。

我知道。我知道，但你先别催啊。你等等。

为什么？

因为，还没完事儿呢。是吧？

你说什么啊？

我说药啊。药还活着呢。

哈？

药从袋子里出来，不会马上就死的。还要过上好一会儿才能死透呢。而且它们还不是一起死呢，红色和橘色的，红白的，颜色比较重的那种都是绣花枕头，最容易死。颜色淡的随后死，白色的药片最后死。

你看，你看看它们，还个个都颤颤巍巍地活着呢，是吧？

呵。儿媳侧过头去瞧了一眼。

那是因为老太婆你的手在哆嗦好不好？

…………

别寻思了。它们都死透了。快吃了吧。吃下去就轮到蛋糕了。

…………

我配着水吞下了药片。说真的。那个白色药片还没死。

吃下去没？

……欸。

好，吃吧。

终于等到了，终于等到给蛋糕的"等着"指令，被解除了。

我一口吃了下去。

好吃吗？

……欸。我一边咽着蛋糕，一边回答。

老太婆啊……你可得活久点。

……欸。

老太婆，我可跟你说真的，你得活久点。

哪怕比阿实那老头多活一分钟，一秒钟都行。

……欸。

否则这地皮，这屋子，全都算那老头子的了。

…………

就是继承顺位的事儿啊。你又没立遗嘱不是吗？从继承顺位上看，他那头排得更靠前。虽然没血缘，但属于收养关系，所以他排得比亮太靠前啊。这个顺位啊！所以要是你比那老头子死得早，那他就该把所有财产都抢了啊！

那么一来，我们就一个子儿都捞不着，一个子儿都没有！亮太还有我，我们这么尽心尽力，苦哈哈没完没了地伺候你这老不死的，结果一分都没有！搞什么啊？当我们麦当劳的微笑——不花钱是吗？真他妈离谱！一分都没有啊！

…………

啊啊啊啊，至少我那老公活着也行啊！

……欸，啊……健一郎他……怎么了吗？

我战战兢兢地，对着好似残兵败将一般独自发狂的儿媳问道。

……死了啊。

欸？什么时候啊？

两年前。

为什么啊？

打柏青哥。欠钱了。自杀了。

啊啊啊，我怎么不知道啊？怎么没人告诉我啊？我唯一的儿子，两年前就死了，我竟然现在才知道！

那个正准备上天堂的，白色药片，在我的胃

里上蹿下跳。

造孽啊。真的,好痛苦。

行了。就这样吧。我要回去了。明天有访问看护,护工上门,后天是日间护理。剩下那些鳗鱼饭你之后记得都吃完。

欸。我姑且回应。之后就扔了吧。

啊,对了。

儿媳弓腰系着鞋带,那佝偻着的圆背看上去也上点岁数了。于是我冲着她后背问。

怎么了?

你知道存折在哪儿吗?我的存折。

养老保险的存折?

养老保险?我有养老保险吗?有多少?

……没事。养老保险的事儿你就忘了吧。

欸。不过,我想问的是我踩缝纫机的工资,

剩下的那些工资，应该还存在哪本存折里呢。

……我不知道，你有那东西吗？

欸。我大哥，或者阿实拿着呢。

哦哦哦？还有那种东西吗？骗人吧，我从来没听说过啊！话说回来，要真有那东西可不得了！她们藏得真干净啊，嫂子和民子那俩家伙。

是吗？肯定是啊！绝对没错。今天回去我可得和亮太好好商量商量作战计划了。哎呀，可要忙起来了！

儿媳打从踏进这个家门，一直一个人乱扑腾，吵闹得很。

再见喽老太婆，我下回再来。

欸。

哎呀，总算走了。我想。

回见，老太婆。

欸,再见。

儿媳离开时,喀啦喀啦将推拉门推开又合上。于是,灼热的风猛地挤进了家门。

于是我知道了。

现在是夏天。

我到了日间护理公司明日柏。

个子小小的咪酱就像小狗狗一样飞奔过来,抓起我的两只手扶着我走。

佳景女士,早上好呀。欸。早上好。

佳景女士,您还记得我吗?欸。虽然刚刚忘记了,但是看到你的脸我又想起来了。

嘿嘿嘿。

虽然我总是忘得七七八八的,但是只要看到脸,大部分人我都能回忆起来。很多的咪酱会在我的脑海之中汇聚成一个大大的咪酱,脸上的五官会变得模糊,但只要看到具体的某一个咪酱,她在我的脑海里就像有分身术一样,嘭的一声从巨大的咪酱之中蹦了出来。这样我就想起她的样子了。你也一样,我刚刚也是这么把你想起来的呢。

嘿嘿嘿。小小的咪酱开心地笑起来,虽然个子很小,但她动作很娴熟,她正对着我,扶着我向前走,自己则灵巧地后退着。

来,佳景女士,您坐米山先生旁边。

我坐在了奶油黄色的椅子上。

食堂的桌子有九张,每张桌子旁都摆了四把椅子。

我就坐在米山老爹的旁边。

感觉米山老爹好像一直和我挨着坐。

最开始,其实还有一点不好意思。

您好。我当时鼓起勇气和他打了声招呼。

初次见面。

米山老爹是这么回答我的。

对了。米山老爹的脑子已经糊涂了。

初次见面,虽然不种大米,但是我叫米山。虽然不是在山里而是在海里,可是我叫米山。小个子的小孩咪酱和其他的咪酱都忍不住笑了。

啊,那下回要不要改名成"鱼海"呢?

听到我这么说,大家又笑了。我也和大家一起笑了。该怎么说呢?这种感觉。倒不是被人瞧不起了,但是,该怎么说呢?虽然也挺开心的,但,该怎么说呢?我感觉有些哀伤。

咪酱给我们发了茶水和果冻。日间护理一来就有这么好的待遇。我喝了茶。这茶喝着和家里的不一样,黏糊糊的,好难喝。

我偷偷喊来了那个小个子的咪酱，对她说："这个茶水好像坏了。"为了不让她下不来台，我是偷偷摸摸告诉她的。咪酱和我说，这是为了不让我们呛着，所以特意加了一些黏稠的东西进去。欸，是这样吗？呃，可是就呛一下也好，我想喝那种普通的茶水呢。

我又吃了果冻，果冻也是黏糊糊的。而且没什么甜味，很难吃。

好吃吗？那个小小的咪酱蹲在我旁边，像小狗狗一样，下巴搭在椅子的扶手上问我。欸，好吃的。我嫌麻烦，所以扯了个谎搪塞她。很好吃。听我这么说，小个子的咪酱戴着缝线缝得很难看的手工口罩，开心地笑了起来，一点都没有怀疑我。我感觉自己的良心隐隐作痛。然后我明白了，这个孩子肯定是饿了，但是现在是上班时间，管事儿的不让她吃东西。可她还是一直微笑着,意志坚定地给我们端来了果冻。好可怜的孩子啊。这个果冻,给你吃吧。你几岁了呀?二十六岁了。

肯定是骗人的。悄悄告诉我吧,不让别人知道。你的真实年纪是多大?我的真实年纪就是二十六呀。

怎么问都问不明白。于是我又跑去偷偷问别的咪酱。

请问,这孩子几岁了呀?

不清楚呢。咪酱笑着回答。您觉得这孩子有多大了呢?

她反过来问我。

这个嘛。应该有九岁?不过她做事非常严谨呢,也有可能已经十多岁了?开心吧?咪酱。是啊。好高兴呢。大家都笑了。

佳景女士。我都已经结婚了。小小咪酱又说。那是玩过家家吧。过家家吗？就是假装的，假装的对吧？不是假装的啦，是真的结婚了呀。啊，是嘛。话总算是说通了。

这个咪酱呀，肯定是被人软磨硬泡，硬逼着结的婚呢。可是她一定嫁的也是贫苦人家，所以只能瞒报了年龄，来这儿工作。

或许，在这儿工作的咪酱，看上去虽然都很有活力，都满脸微笑，但那都是虚张声势罢了。大家的遭遇都很相似，都是穷苦人呢。

无论过去还是现在都一样，越是穷人，越是爱笑呢。

我那个死了的奶奶，也总是假装很有活力地在脸上挂着笑。

被本家的大姑奶嫌弃，被各种瞧不起，被往

死里使唤。就连猫猫狗狗，大姑奶也只是小时候稀罕稀罕，长大了就全扔给奶奶来照顾，一直照顾到死。奶奶还要伺候公婆，擦屎擦尿。因为太过劳累，她的背弯得厉害，走起路来跟跟跄跄的。都说她长了双好命手，可她穷了一辈子，一直在受苦，都苦成那样子了，她还是拼命地笑。

好可怜啊。

大家在这种地方照顾老年人，被迫给老头子老太太擦屎擦尿，还要一直笑盈盈的。更让人觉得可怜。

于是，我对着小小的那个咪酱的耳朵小声告诉她。

你呀……你呀……

她静静地看着我。

我那会写字的右手。

那只右手,光是握成拳头,就已经用尽了我全部的力气。

我要教你,踩缝纫机。
这句话,我混着果冻,一块咽了下去。
我移开视线。
我的双眼从她那只针脚差得要命的口罩上移开了,然后我接着说下去。
你呀,你呀,还来得及呢。你可以求求你婆婆,让她给你拿点报纸呢。然后,你先练习写片假名,然后练平假名,然后学着写一些简单的汉字。像田地的"田",还有山呀,川呀之类的。照着旧报纸多写,写着写着就记下来了。然后你可以练那种标了读法的,难一些的汉字。先差不多都能读下来,然后就能写了。接下来呢,你就可以学用算盘，练加法，然后练减法。然后呢，然后……将来总有一天，你就不用做这种工作了，你就可以被那种很威风的事务所雇去工作了。嗯。

好的。

加油啊。

好的。

小小的咪酱这样回答。

享用零食的时间结束了。

我总感觉，自己的胸口堵满了零食。

咪酱她们动作麻利地收拾着吃剩的零食，帮我们把软塑料做的围嘴拿掉，再把桌子收拾好。

今天咱们练习把气球打进篮筐里哦。

中年的咪酱隔着口罩喊道。紧接着她又开始讲解游戏规则。规则听得云山雾罩，搞不清楚啥意思。不过一般这种练习都是练着练着就明白了。

米山老爹和我一样，都在红组。

我们一字排开，张开手。

手上被咻咻喷上了消毒酒精。

其实，这就是个游戏。也不会决出什么胜负。所以有些人打从心眼儿里瞧不上这种练习。那些当过部长啊社长啊校长啊园长啊一类的老头子根本头都不抬一下。还有好几次故意大声说"让我们做这种事，是拿我们当傻子吗？"。这么说来……他们倒也没说错吧。如果来的是搞俳句呀吟诗啊刀剑啊围棋啊都都逸[①]一类的正经老师，那些老头或许还愿意参与。可是像这种糊弄小孩子的游戏，他们肯定是忍不了的。这种心态，其实我也能理解。

可是啊。

---

① 兴起于江户末期的配合三味线表演的一种俗曲，基本遵循"七七七五"的音律数，明治时期逐渐转为远离歌曲形态的文学形式。

这又有什么不好呢？对吧？

毕竟是那些咪酱拼尽全力想尽办法准备出来的游戏呀，就稍微装装傻去玩玩，有什么不好呢？玩着玩着，逐渐地，就会不可思议地高兴起来了。所以啊，玩玩又有什么不好呢？对吧？

今天，我下定决心，要努力走出去打头阵。

游戏很快就进入正轨了。拿到气球之后可以传给和自己一样是红组的队员，也可以直接投篮。投进去就能得分了。我把轮椅摇到了篮筐附近，摆好了阵势。只要拿到球，就可以直接投篮了。

可是，虽然有点绕弯子，但我选择了等米山老爹过来，然后传给了他。米山老爹结结实实地拿到了我递出去的球，投进了篮筐。

掌声响了起来。如雷的掌声响起了好几次。每一波掌声响起，米山老爹就摇着他那剃得很短的寸头，一脸的高兴。

红组赢了。不分敌我，大家一起热烈地鼓起了掌。

接下来公布今天的最佳球员。

久候多时了，终于到了公布的时刻。

今天的最佳球员是——

锵锵锵锵锵——

大家一起起哄。

是米山丈志先生！

最佳球员的奖杯，是在厕纸芯子外头包了一层金色的纸，然后搭成了一个宝塔的形状。

请您来一句获奖感言吧！

于是米山老爹闭上一边的眼睛，说：

干得漂亮，宝贝儿！

他举了一会儿奖杯，然后就交给了旁边的一

个咪酱。

紧接着,他拿下了脸上的棉纱口罩,手指弯曲放到嘴边,吹出了一个声音高亢的哨音。

米山老爹要比平时兴奋很多。

哎呀,我发自内心地觉得,这样真好啊。真的,真好啊。

战斗结束,接下来是洗澡。

泡在浴缸里,手抓浴缸边沿,记着数。正在这时,小小的咪酱戴着透明的面罩走了进来,衣服下摆也是扎着的。她凑到我耳边小声说:"今天的最佳球员,其实是佳景女士对吧?如果不是您在投篮之前把球传给了米山先生,那他肯定拿不到这个奖的呢。"是吗?我佯装不知,把头扭到了一边。就是呀,您是想让米山先生拿到奖才这样做的吧。是吗?假装早忘了自己立的功劳,才是最好的。这样才最帅气。

佳景女士。

欸。

您喜欢米山先生,对吧?

…………

我假装没听见。

佳景女士,您,喜欢米山先生,对吧?

哎呀,该怎么办呢?这种事要是让人察觉了,其实悄悄来问我的话,我倒是也能偷偷告诉她。但……可不兴当着那么多人的面问呢。

哎哎,我就说嘛,这个咪酱还是小孩子呢。

我算彻底确定了这一点。

广濑大姐那双晕了妆的恐怖眼睛,正隔着镜子瞪着我。

广濑大姐庞大的后背上,清清楚楚,明明白

白地浮现出一整片的莲花。娇艳欲滴,比平时还要更红。

那是……那是因为那个啦。

我支支吾吾的,脑子里不停搜寻着答案。

那是……因为那个啦。为了拖延时间,我还在重复同一句话。

咪酱的眼睛像小狗狗一样,直率地望着我。

哎呀,反正就是……因为那个啦。

正在这时,计时器的提示声嘀嘀嘀响起来,澡泡完了。

于是咪酱嘿嘿嘿地笑着,回去工作了。

我在想啊。

老乐之恋的这个老乐,对应的是哪两个字啊?老人喝凉水。我懂这个意思,就是不自量力嘛。我懂的。可是,老乐之恋的老,这个应该是老年人的"老",那乐呢?乐是哪个字呢?我左思右想,怎么都想不出来。

泡完澡回去的路上,我意外偶遇了米山老爹。给他推轮椅的就是那个小小的咪酱。咪酱嘿嘿嘿地笑着,像个恶作剧的小孩子。

啊,女士们还没到齐。

还有四五个人吧。

我的轮椅由一个声音很有朝气的咪酱推着。

哦,那就再稍微等一会儿吧。

也是,那么佳景女士,我们也顺便去中庭逛逛吧,那里比较凉快。

该怎么说呢,这种感觉。

这两个咪酱,好像两个蹩脚的演员,在演一出差劲儿的短剧。

阴凉地儿下面会吹风哦。

就算天气再热，白天也渐渐变短了呢。毕竟夏天快结束了。

咳咳。背后的那个咪酱故意清了清嗓子。

似乎以此做信号，两个人把轮椅面对面推到了一起。

佳景女士，快呀，您不是有话要说的嘛。

有吗？……唔。

见我一副毫无头绪的模样，小小的咪酱很唐突地来了一句：

佳景女士，喜欢米山先生对吧？

啊啊？

我说，佳景女士，喜欢，米山先生，对吧！

…………

我沉默了。

喜欢吗？这么问的话，应该是喜欢的吧。但

这个词也仅限两个年轻人说出来才合适吧？我已经这么老了，不成样子了。再说了，两个老掉牙的为爱痴狂的模样，谁能看得下眼？反正我是一眼都不愿意看到。

可是……米山老爹是什么想法呢？

米山老爹他，一直紧紧地盯着我看。

米山老爹那双眼睛，很清澈。

简直不像个已经痴呆的老人，真的，很清澈。

不，或许就是因为已经彻底痴呆了，所以他的眼睛才那么清澈，像一汪湖水。

I love you.（我喜欢你。）

他对我说。

哇！

咪酱们发出了欢呼声。对呀，米山先生还在美军军营里当过乐队的乐手呢。才不是呢！那个很有朝气的咪酱纠正道。是曾经被滞留在西伯利亚呢。欸,是吗?是啊,真的。米山先生当时是俘虏呢。欸?当过俘虏的不是松田先生吗?米山先生是在乐队里弹贝斯啦。base camp①不就是在美军 camp 里弹贝斯的意思吗?

哈?你在说啥啊?那个很有朝气的咪酱好似欧美电影里的角色一般,动作夸张地举起两手,大大地耸了耸肩。

啊。

突然,我们三人同时发出惊呼。

米山老爹猛地扑上来,用力抓住了我的胸部。

啊。

咪酱们慌忙把两辆轮椅推开,手忙脚乱之下,我从轮椅上摔了下来。

---

① base camp 是基地营地的意思。这里应该是护工们对名词的理解有误。

啊啊啊。

两个咪酱大惊失色,合力费了好大功夫,才把我拉了起来。

糟了,糟了糟了。怎么办!佳景女士,您觉得哪里疼?

那个小小的咪酱急得快要哭出来了,慌忙问我。

我没事的。

啊呀!!您额头好像肿起来了……

没事的。这个程度我完全没问题的。

我说的是真心话。我打小就被后妈用柴火揍,所以对疼痛早就习惯了。疼归疼,但是这个程度的疼痛确实算不了什么。

糟了,完蛋了完蛋了!怎么看都不像是不要紧的样子啊!哎呀,怎么办啊!总之,得先去报告主任。

等一下!

那个很有朝气的咪酱把小小的咪酱喊住了。

你要怎么和主任说明情况?

啊。

是吧?说了真话,就必须写检讨书了。

欸,可是,也必须如实汇报才行啊。

嗯,可是一旦老实交代了,之后要怎么办?搞不好咱们两个都会被开除的。

欸?

现在是疫情期间,客人本来就少,公司运营也很困难了。据说现在已经在找下家把经营权转让出去了。

欸欸?

嗯。转让的事儿虽然还没着落,但今天这种工作失误一看就会被公司当作削减人力费用的由头，他们巴不得找理由开除员工呢。

欸，我不能被开除啊。我老公现在居家办公，加班费已经全砍了。那……那现在，怎么办啊？

你问我，我也不知道啊……

两个人一脸为难地商量着。我趁她们凑在一起嘀咕，偷眼看着米山老爹。

米山老爹摘了口罩，嘴噘得老长，正对着空气嗫嚅。

那就这样吧。

背后响起说话声，我转过头。

广濑大姐扶着步行器，下巴歪向一边，向前突着。

广濑大姐有糖尿病，出奇地胖，几乎已经没脖子了。脸好像陷在肩膀里一样。但不可思议的是，唯独她的下巴是撅出来的。那个下巴从富有光泽的黑丝绸制的口罩下头露出来一截,可能是因为刚洗完澡吧,下巴的皮肤粉粉的,圆滚滚的,很滑稽。只有这一截下巴还算可爱。

那下巴向斜上方抬了抬。

这是她惯用的伎俩。明明自己处在劣势,但要发号施令的时候,还有当大哥跪在地上的时候,她总是会摆出这个姿势。下巴抬起来,上头的那颗平时被赘肉挡住了的痣就会露出来,娇媚感骤增,效果显著。

那就这样吧,就说是我和佳景发生争吵,然后我把佳景推倒了。

欸欸?

小小的咪酱惊呼着。

怎么可以这样骗人?不行的。

那要怎么办?

……………

你们这些人啊……

漫长的，漫长的停顿。

广濑大姐从以前起，就很会玩这一手。

你们啊，太看轻老年人了，太看轻老年人的性欲了，对不对？

胜负已定。

我心想。

广濑大姐本来就是那种表演欲很强、喜欢博人眼球的个性。所以专门选中了大哥那样不着调的男人，黏着他，还为他流了不少眼泪。虽然看上去好像是大哥让她在大腿上文辩才天，在后背文莲花，其实那并不是大哥的命令。

我在一旁看着呢，这些我都知道。

那我现在去和主任，叫什么来着？宫崎？去

说明一下情况。你们先给佳景处理一下伤吧。

说罢,广濑大姐向右一拐,转身往反方向走去。

那两个咪酱一脸敬佩地望着广濑大姐的背影,由衷地觉得她好帅。

广濑大姐心里肯定是这么想的。

我觉得是这样的。

其实啊——

和咪酱的蹩脚演技相比,广濑大姐可算是演技相当精湛的了。

广濑大姐的存在简直能给所有看到她的人都留下深刻的印象,令大家久久不能忘怀。她缓缓地,但又宣示着存在感地走着。步行器锵啷锵啷作响,转了一大圈,在走廊尽头拐了个弯,消失了。

夜晚降临。

一天到了最后，必然是夜晚。夜晚，必然会来。

夜晚难能可贵，夜晚令人自由，所以难能可贵。

小解也解完了。今天，我自己在厕所做了些努力，垫了两层的尿垫。如此一来，就能安心躺到天亮了。只要睡着了，就可以什么都不想了。一切都结束了。

哎呀，多希望就这样一觉不醒，明天不要再来了。

原本的电灯线上面又绑了一截麻绳加长，我扯了两回。

一圈的灯灭了，我只留了一个小小的小小的灯泡没有关。

天花板上的木纹里，浮现出咪酱们的脸。

咪酱们，全都合在了一起。变成分辨不出特征的样子。但是，大家在微微笑着，咪酱们的笑容好棒。和那种客套的笑不一样,是那种没有邪念的、穷人的美丽微笑。

今天这一天,也谢谢大家了。

我对着天花板道谢。

于是,那一大片的咪酱的轮廓,开始曲里拐弯地变形了。

弯弯曲曲,七扭八拐,变呀变呀,最后变成了一个我见过的,咪酱的脸。

清清楚楚的,咪酱的脸。小小的,小小的,咪酱。

啊啊。

我心里想着。

今天啊,我能见到真正的咪酱了。真正的咪酱,来到我身边了。

阿娘。

咪酱她，道子①她，在喊我呐。

大哥说，咱们这边是去成田山时沿途经过的一条路，所以，道子这名字挺好，就叫道子吧。

大哥是最先发现我肚子大起来的人。他气得要命，一直到道子快要出生了，他都还在喋喋不休地对我强调，已经找了堕胎婆，快去把孩子堕掉！快堕掉！

但我每次都假装忙着踩缝纫机，搪塞他说等忙过这阵子了就去，再等等吧。然后就一直忙一直忙，不留任何时间，工作流水一样地做，根本没有一秒是断开的。大哥嘴皮子磨累了，就骂骂咧咧地走了。等他回去了，我才会稍微歇歇。

悄悄告诉你们哦，休息时间我自己是能空出

---

① "咪酱"其实也是"道子"（michiko）的亲昵叫法。

来的。

大哥是个不学无术的家伙,而且生性单纯得很。所以他每天都这样子被我搪塞到走。

各种颜色鲜艳的胸罩,就像小学开运动会的时候,操场上迎风飘扬的外国国旗。

家里几乎一天小学都没让我去上过,不过只有运动会那一天,大哥会把我拉去会场。虽然我个头小,但跑得特别快。能跑第一名。接力跑的时候也是先锋选手,能把别的队的人甩出去好远,再把接力棒交给第二个队员。因为那段回忆很美好,所以每次做那些长得和外国国旗一样的胸罩时,我都觉得好快活,好清爽,心里好舒服。

然后——

肚子里头那个一点点变大的小孩也和健一郎那会儿不一样。她是横躺着的,踢我肚子的动作也和健一郎不一样。不像他那样不管不顾地乱蹬，而是带着些顾虑地，小心翼翼地偶尔轻轻踢一下，然后观察观察情况，再轻轻踢一下。从她的动作能确定，我怀的是个女孩子。

随着肚子越来越大，大哥催我去堕胎也催得越来越急了。我肚子里的孩子一天天长大，但她还是那样小心翼翼地，轻踢一下，再轻踢一下。我觉得她很坚强，又很可怜。我好想见到她，这种渴望，也在与日俱增。

于是，我故意踩着缝纫机，踩呀踩呀。

日复一日，就算该干的活已经全干了，哪怕能找到一片布料，我也要踩缝纫机。一直踩下去。

终于——

某天天快亮了——

我感觉不对劲，于是小心不吵醒健一郎，偷

偷爬起床，把洗脸盆边上的手巾扯走，衔在嘴里闷住声音，然后紧抓着窗棂，独自在厕所生了她。

我猜得没错，那个小婴儿，确实是个女孩子。

对哦，我突然懂了。

因为生出来的时候浑身是血，红红的。所以才有赤婴这么个叫法。

生健一郎的时候我好像也这样想过，但是又忘记了。第二回，我又突然想了起来。

那个女孩子和健一郎不一样，她出生之后不是哇哇大哭的，而是嘤嘤地哭。嘤嘤，嘤嘤，声音细细软软的。浑身是血，光着身子，好可怜。我慌忙用掸子柄把针线盒划拉到自己身边，从里面翻出棉线，紧紧绕在婴儿的肚脐上，用力扎紧，再用裁剪刀把脐带咔嚓一声剪掉。然后露出乳房来让小婴儿喝奶。

我的乳房已经涨得好似气球一样。小婴儿咕咚咕咚地大口喝着奶，她在我肚子里的时候，我每天那么多事，也吃不上什么像样的东西，她是饿着肚子出生的。所以才这么拼命地喝奶。真是可怜啊。

　　我一边给她喂着奶，一边看着她的模样。

　　小婴儿那双小小的眼睛里，倒映着我的脸。

　　……啊啊。

　　这幅画面，我有印象。

　　是在很久之前。

　　远远早于健一郎出生之时。

　　比我吃着阿大的奶，还要更早。

　　当时……是反过来的。是我在下头，是我抬脸看着。

　　低头望着我的人眼中，倒映着小婴儿的模样。

那是……

正在我努力回忆的时候,对门家养的鸡打鸣了。

听到鸡叫声,健一郎揉着惺忪睡眼,起床了。

他走到厕所门前,看到眼前的一切,彻底傻眼了。于是我让他去报信。

大哥和广濑大姐很快就气喘吁吁地冲了过来。

你竟然在厕所里生孩子!丢人现眼!

大哥站在门槛上高声怒吼。

周围的邻居也纷纷跑出来看热闹,大家都还穿着睡衣。

看什么看!当我们家耍猴呢!

大哥咆哮着把人驱散,然后趿拉着拖鞋,直接走进屋里,面容可怖地低头俯视着我。

我抬头看了一眼大哥,没说话,还在给孩子喂奶。

唔呃……

大哥呻吟起来。

是我赢了。

我把孩子生下来了,算我赢了。

我依旧无视大哥,继续埋头喂奶。

唔,呜呜呜呜……

大哥还在呜咽。

男人呢,面对这种事情的时候就是很脆弱。

相反,广濑大姐就很强大。

她默默进了厨房,烧了热水。再把热水倒进脸盆里,把水温弄到刚好。

先把孩子给我一下。

她说着,从我手中接过婴儿。用惯用的那只手,单手挡着小婴儿的耳朵,另一只手用棉布动作麻利地给孩子洗着澡。

我家小孩多,习惯干这个了。

广濑大姐不知是对谁说了这么一句。

随后她又说,我拿了这个过来。她一边说,一边单手将身边一个小包裹解开,把里头的东西一个一个拿出来摆着。她把婴儿身上的水擦干净,然后将她轻轻放在了其中一片东西上。

那是一件棉纱做的,新生儿的小衣服。

全新的,洁白的小衣服,把刚刚还浑身是血的婴儿包裹起来。于是,这个宝宝就变成了焕然一新的,漂亮、干净的小婴儿了。

那个小包裹里还有毛线织的小包被,用浴衣改做的褪褓。广濑大姐有点不好意思地说,其实我还有很多,以后再给你拿。她故意让自己的语气听上去有点冷淡。

我想起来了。

广濑大姐两年前流过产,当时大夫告诉她,以后万一怀孕,就会有生命危险。

所以,为了提醒大哥和她亲热的时候不要忘了这茬,才在大腿上文了辩才天。那神明其实是用来监视大哥的呢。

所以,那包裹里面的东西,都是广濑大姐在流产前给自己的小孩准备的呀。我心里这样想,但是我没有说。

广濑大姐抱着婴儿,把她塞到了叉着腿僵站在一旁,心里其实慌得不得了的大哥怀里。

大哥被突如其来的小婴儿吓得一哆嗦,接了下来。

我回忆了一下,健一郎还是小婴儿的时候,大哥正在为他的二号店忙得脚不着地。而且他本来也不喜欢小婴儿啊小孩子一类的,所以他一次都没抱过健一郎。

他抱着硬塞进自己怀里的婴儿,低头看着她,安静得出奇。

他紧紧皱着眉,过了好久好久,还是一直盯着她。

然后——

他终于熬不住,开口了。

咱们这边是去成田山时沿途经过的一条路……那就,那就,道子!就叫道子吧!

小婴儿有了名字,所以她放下心来,发出轻轻的鼾声,趴在大哥的胸口睡着了。

于是,大哥就一直,一直抱着她。像是捧着什么易碎的东西一样,一直,一直抱着她。

从那以后。

大哥总是想去照顾道子。但是他又不太知道该怎么照顾，就去小摊上给她买了好多玩具，在道子床边枕畔一股脑儿摆一堆。然后自己傻高兴。一旁的健一郎羡慕坏了，去摸道子的玩具，结果一动手就会被大哥拍脑瓜顶。

　　道子在我很忙的时候出生，我奶水不多，所以很早就给她断奶了。为了能一心扑在踩缝纫机上，我净是在吃的东西上抹点味噌酱，塞给她让她吃。她也就那么一天天长大了。柿子、黄瓜、五家宝①、红薯干。这些吃的里最顶级的是鱼肉肠，抹了味噌的鱼肉肠，她能抱着一直舔那滋味，吃好久好久。

　　大哥有时候看不下去了，会斥巨资买一大串

---

① 埼玉县熊谷市的一种特产点心，把蒸后晾干并炒制过的糯米用糖稀凝固成棒状，再撒上青豆面制成。

名贵香蕉给道子吃。结果道子在高级香蕉上也抹了味噌,搞得大哥失望极了。

阿娘。

道子喊着。

无论是谁。只要是人她就这么喊。无论是我,是大哥,是健一郎,还是行脚商,她都当成一个人。过了两岁还是一样。她都喊阿娘。

连广濑大姐,她也喊阿娘。

听到道子喊自己阿娘,广濑大姐就会说,这孩子是不是脑子不太好啊。然后一边说着,一边摆出一副"我倒也不讨厌你这么叫我"的样子,拿起梳子给头发乱成鸡窝的道子认认真真地梳头发。帮她把虱子抓走,然后动作熟练地给她编头发,编成别的小孩都没有的发型。

或许正是因为广濑大姐给梳的发型与众不同

吧。每当我牵着道子的手走在外头，擦肩而过的人个个都会——一定是个个都会——说一声"小姑娘真可爱""像洋娃娃一样呢"。虽然没具体算过，但是被夸一两百次，总是有的。

大哥总动不动就带着道子出去溜达。还曾经一脸得意地和我显摆，说自己在外头被一个不了解情况的老太太夸了，说这小姑娘和他爸长得一模一样，真是个小美女呢。

道子总是用一双圆溜溜的大眼睛，仰头望着人。

别人做什么，她都是那样，用一双圆溜溜的大眼睛，仰头望着。因为头回见到，头回听到，一切都那么新鲜，所以她很吃惊吧。所以，她才一直用那双圆溜溜的大眼睛，仰望着一切。

阿娘。道子说。

听到她这么喊，大哥总是皱着脸，回应她。

欸。

阿娘，高高。

欸，道子我知道，要抱高高，是吗？

来，道子，抱高——高，抱高——高。

哈哈哈哈，道子开心地笑了起来。

全船桥第一高，第一高。

抱高——高，抱高——高。

大哥一次又一次地对着天空把道子举起。每一次被举高，道子都会开心大笑。

小婴儿的笑声为什么那么清脆呢？那种清脆的笑声，大概会持续到三岁，等反应过来时，笑声已经变成了普通的声音。要想不费事儿地听到婴儿清脆的笑声，就把脸凑到她的肚皮上，然后对着肚皮"噗"地吹气。我没有大哥那么大的力气，没法一遍又一遍地把道子高高举起来。所以为了听一听道子清脆的笑声,我就一遍一遍对着她的肚皮吹气。于是她就一直笑呀笑,笑出了泪花。我看她笑出眼泪,又觉得她可怜,于是急忙停下不吹了。

大哥一遍一遍地把道子高高举起来,道子咯咯咯地大声笑着。

阿娘。

道子说。

阿娘,道子稀罕阿娘。

在道子和大哥之间,远远地,天空中悠然穿过一艘飞艇。

后来——

大哥在柏青哥上赚了钱。不再贪得无厌地找冤大头讹钱了。不喝酒、不抽烟也不嗑药了。带着道子出门的时候，也打扮得保守了起来。

担心道子被人指指点点，大哥还跑去那个有性病科皮肤科泌尿科的盐冢医院，把自己后背文的跃上瀑布的大鲤鱼文身抹掉了。他还命令广濑大姐把大腿上文的辩才天也洗掉。广濑大姐觉得大哥背上去了文身之后留的疤乱七八糟太难看，所以不想洗。于是大哥告诉她：只要你去洗掉文身，我就和你做正式夫妻，然后让道子做咱们养女。

所以，大哥逼着广濑大姐去做的，并不是文身，而是洗文身。

总之，大哥就像变了个人似的，开始认认真真工作起来。天还没亮就到店里去，还把店门口那条路打理得干干净净，又是扫，又是洒水的。

厕所也收拾得一尘不染。连便池都擦得闪闪发亮。大哥还得意地对人说过，这便池干净得能下嘴舔一口。有人起哄"那你倒是舔啊"，大哥就还真的舔了便池边一口，把在场的人都看得起了一身鸡皮疙瘩。

每当看到大哥这个样子，我总会产生一种莫名的忧虑。

过去那么多年一直靠吸人血活下来的家伙，突然有一天想回归正途，他周围的那些"同伴"是不会同意的。凭什么你还能做好人？他的坏朋友不会饶了他的，一定会故意骚扰他，弄出些麻烦，给他点颜色瞧瞧的。于是，大半夜就有人把厕所的脏东西撒得大哥店里到处都是。大哥说，他其实大概猜得到是谁干的。可是，他依然不准备报复那个人。他拦住了怒火中烧的小弟，一群人把店里收拾打扫了一番，还洒了当礼品赠送的香水，然后假装无事发生地正常开门迎客。

自那以后还是状况不断。接弹珠的盘子里动不动就摆着个老鼠或者蟑螂的尸体。有时候店里会一次性涌进来特别多那种专门在机器上动手脚骗钱的玩家，关于大哥这家店的谣言更是接踵而至。可大哥并不气馁，他还给自家店挂上了"健康游戏"的招牌，努力抵抗。因为大哥的这份认真，认同他人也多了起来，骚扰、捉弄他的人逐渐少了。

可是——

就算坏朋友饶过了他，老天爷也不会那么简简单单地被糊弄过去。老天爷呀，那可是天网恢恢呢。每个人都做了什么，老天爷都在高高的，高高的天上看着呢。

大哥，还有我，都被老天爷看着呢。

一直，一直，默不作声地，看着呢。

有些人啊，一旦从做人的正轨上跌出去了，老天爷可是不会那么轻易饶过他们的。

其中，老天爷最厌恶的就是临阵磨枪的改邪归正。祂会把这种人先捧高，然后再让他狠狠摔到深渊里。

大哥和我，果不其然都是一样。先被捧高，然后狠狠跌下去了。

赚得越来越多，店里口碑越来越好，客人络绎不绝，声望越来越高。一切都越来越好，越来越好了。然后，大哥有点看不下去我丈夫丢下的这个破屋子了，对我说，他想照自己喜欢的样子把这房子重新装修，钱他全出。他费了好大的功夫，为了让这屋子好看一些，大门玄关他基本是彻底从零开始装的。从门到玄关之间的地方还摆了个藤萝棚架，种了藤萝。然后，大哥也不知道是从哪儿听到的别致设计，还只听了个一知半解，总之他非要在藤萝树根的位置摆一个绘着仙鹤图案的火盆。还倒了水，养了水草，放了几条锦鲤的小鱼苗进去。后来，健一郎呀附近的小孩子一类的在节日庆典的小摊上捞的小金鱼和凸眼睛的那种金鱼，还有蝌蚪什么的，也都被胡乱放进去了。不过，这火盆里的生物有的吃别人，有的被别人吃，然后锦鲤也老早就被人偷摸捞走了，蝌蚪也渐渐变成青蛙蹦走了，总之缸里那些金鱼的数量基本不怎么变了。摇头摆尾，悠然自得地游着。

　　道子特别喜欢蹲在火盆边上看金鱼游。

　　道子能蹲在火盆边看一整天。

　　她能这样，我也松了口气。幸好和健一郎那

会儿不一样。我毕竟年纪也比那会儿大了，就算我想背着她，那条背巾绳子也会深陷进肉里，拽得肩膀疼。所以我动不动就得把道子放下来。她不像健一郎，那小子稍微挪开视线一秒钟就不知道跑哪儿去了。道子不会的，我把她放下来，她一般都会跑去火盆边看金鱼。然后我就能顺利返回去踩我的缝纫机了。

踩缝纫机的感觉特别好。

没人能打扰我，也没有什么能困扰我。咔嗒咔嗒咔嗒咔嗒地，脚踩着踏板，给飞轮上劲儿。缀了蕾丝边儿的漂亮内衣就做好了。我的手脚甚至自作主张地行动。

只有在踩着缝纫机的时候，我可以什么都不去想。

可以轻松下来。

被继母用柴火抽打,丈夫消失无踪,无论怎么努力都不正眼瞧我,还让我一个人干两个人活的前一个管事儿的,还有一切一切烦心事儿,只要踩上缝纫机,它们就会从我的脑子里一笔勾销。我就能轻松下来。

那一天。

健一郎一大早就不知道跑哪儿玩儿去了。到了中午也没回来,不知道是去谁家蹭了饭。

我想着,可以捏个饭团,抹点味噌。

还想着,做好了饭团,然后把之前和小贩买的香肠也抹点味噌,让道子拿着吃。

可是一边想,一边踩着缝纫机,踩着踩着就想趁势再做一件,再做一件,再做一件。脚下越踩越来劲,缝纫机砸出来一条线,我顺势一个劲儿地沿着它跑。明明就坐在原地踩着缝纫机,可我却好像跑在运动会的赛场上,成了接力赛上跑在最前面的那个人。没有人能接近我,我遥遥领先。整个人喜不自禁,简直要飘起来了。大哥嗑的那种药,嗑完也是这个感觉吗?我想着,感觉大脑异常地清醒。

在下定决心重新做人之前,大哥开的那两家柏青哥店里都有个小房间,叫"嗑药屋"。从那屋子的天花板上垂下来无数只连着弹簧的注射器。一针算一次钱。要是打柏青哥输了,就去那个嗑药屋里给自己鼓鼓劲。进了屋,先从筐里拿一根皮筋,绑到胳膊上,然后从天花板挂下来的注射器里选一个拉下来,咻地注射完,手一松,注射器会自动缩回天花板上。听说这个是大哥从横滨的不知哪一家电影院里看到的,就照搬过来了。

我没注射过这种药,但我见大哥打过。把注

射器的针头扎进胳膊里，血会涌进注射器里，然后再把它们推回到胳膊里。看到那个场面，我觉得好可怕。可打了药的大哥兴奋得大叫一声"好哦！"，然后就大笑着飞奔出了家门。还自夸打架一个人扳倒了七个。我踩着缝纫机，整个人都变得轻飘飘的，也觉得自己好像无所不能，扛石头还有和人相扑都不在话下。既然都飘成这样了，应该也和嗑了药差不多吧？

我心想。

这种感觉，一年大概也就一两回，顶多三四回。

其中一回，就是在那天。真不知道该怎么形容那种心情，总之就是想不停地踩啊踩啊踩啊，一直踩下去。

就这么一直踩，一直踩，直到青空渐逝，晚霞低垂。知了的叫声逐渐凝重，最终夜幕降临。

光靠手边的电灯已经不顶用了。

于是——

我终于停下踩缝纫机的动作,出去看道子。

我趿拉着鞋走到门口。

在街灯圆圆的灯光之下,道子正蹲在火盆边,一边的布鞋已经脱了下来,她正用那只布鞋舀着火盆里的水。

阿娘。

道子说。

阿娘。

她把手里的鞋举给我。

<u>金鱼鱼</u>。

我低头一看,一条红色的小金鱼,在她那只

橙黄色的布鞋里,吧嗒吧嗒地蹦着。

那只橙黄色的鞋,是前几天大哥去长崎座的商场买给她的新鞋。

道子今早第一次穿它。她用才穿上的新鞋,偶然舀到了一条金鱼。她捧着那只鞋,用那双圆溜溜的眼睛,用吃惊的表情,举给我看。

真厉害呀,咪酱。好棒,手好巧呢。

竟然忙活到这么晚都没管她,我心里很愧疚,于是故意夸张地回应她。

于是,道子露出一个放心的表情,把金鱼轻轻放回了火盆里。

然后,她又从火盆里舀了水,这一次只有水,没有金鱼。

很快,她举起了盛着水的鞋,开始大口喝鞋里的水。

她的动作熟练极了。应该是口渴得很吧。肚子也饿坏了吧。我看得出来,她应该这样喝过好几回了。

所以——

夜里,道子发了高烧,死了。

疫毒痢。

大哥赶过来的时候,先是把道子脸上盖着的白手帕掀了起来,定定地看了好久。随后又小心翼翼地,把白手帕盖了回去。紧接着,他突然猛地一拳打倒了站在他旁边的广濑大姐。然后又冲到了在屋子一角躺着翻漫画的健一郎眼前,一脚踹到他屁股上,把他踹飞了。

然后他开始胡乱发起了脾气,他大骂健一郎只知道跑出去玩儿,骂广濑大姐拖拖拉拉就是不洗文身。他高声咒骂着,不停地骂,骂,骂。

一直在骂。

可是,对我,唯独对我,他一句埋怨也没有。

道子,是阿实的孩子。

从丈夫消失那一晚起,阿实每晚都跑来找我苟且。

阿实和丈夫完全不同,他很难缠,一会儿要我这样,一会儿又要那样,很啰唆。我只能尽量紧盯着天花板,努力去想些别的事情。想阿大,想着曾经看过的相扑比赛,想着第一次见过的鼹鼠的尸骸,虽然死了,但是很可爱。想到海边成群的海鸥,飞翔的时候,翅膀的形状好漂亮,好壮观。我一个劲儿地想着这些。我对谁都没说,包括大哥。我独自忍耐着。后来,月事没来,再后来肚子越来越大,最终在大哥面前露馅了。

我什么都没说,而且这种事也根本没法说。可是,大哥立刻就察觉到了始作俑者,将阿实赶出了家。

然后——

道子就出生了。

然后——

道子死了。

大哥把健一郎和广濑大姐都打了一顿,然后趿上鞋冲出了家。他一路找到了阿实住着的工棚里。阿实对一切都不知情,稀里糊涂地被大哥打了个半死。然后,大哥才离开。

可是——

我知道的。

大哥他真正想打的人,真正想打个半死的人。

是我。

我光顾着自己高兴,一个劲儿地踩着缝纫机,几乎把道子彻底忘到了脑后。

当时的我啊,并不像现在的我,当时我还不是个会忘事儿的老太太。

可是,我却几乎把道子忘得一干二净。

只有脑海之中很偏僻的一个小小角落里,还残留着对道子的挂念。道子本来就很能忍耐,不闹脾气,也不会哭。所以,是我在对她使性子。

工作只要想暂停一下,明明就能暂停。

悄悄告诉你们哦,休息时间我自己是能空出来的。

可是——

可是我对道子使性子,我明明可以的,但我没停下。

道子还没满三岁,可我却对道子使性子。

所以——

所以是我害死了道子。

大哥他实在对我太生气了,所以反而没有揍我。

那个让我不安的感觉,不是来自大哥,而是来自我自己。是我要造的孽。

如果大哥揍我,我可能会轻松些吧。

不想挨揍的时候,我一直在挨揍,想挨揍的时候,反倒不揍我了。

这是对我最严苛的惩罚。

到如今——

我每天光是去厕所都很吃力,我健忘,很久很久以前的事情我记得很清楚,可是最近发生的事儿我却接二连三地忘掉。既然要忘,为什么不能让我把过去那些事,还有道子的死忘了呢?可是我偏偏怎么都忘不掉。无论过去多久，只要想起道子那双圆溜溜的眼睛，她望着我时露出的笑，她那可爱得无法形容的模样，我就会稀里糊涂给手边上的东西抹上味噌。我这是在干什么啊！

大哥在道子死后很快就打回了原形，甚至比之前还要堕落。他嗑药嗑疯了，甚至专门跑去横滨，去搞些比他之前嗑的更猛的药。最后死在轨道底下红灯区的道旁。一条腿还插在排水沟里。因为他这个模样的人在那地方很多，所以大家都以为只是个醉鬼或者嗑药的人在趴着睡觉。根本没人注意到他的异常。所以，等到警察通知家属的时候，大哥已经死了一个星期了。我在警察局看到的大哥，脸已经变成了土褐色，肿胀起来。插进水沟里的左腿从膝盖往下都已经泡烂了，甚至能看到白骨。

没有人管他,他就那么死了。

独自一个人,跌进了深渊。

四十九日后安放好骨灰,广濑大姐去了文身师那儿,在后背文满了莲花。

然后,她一声招呼都没打,就消失了。

只有我,还依然活着。

活在道子死去的这个家里。

踩着杀死了道子的,缝纫机。

这就是惩罚。

是对我乱伦怀了孩子的惩罚。

是对我飘飘然不停地踩着缝纫机的惩罚。

因为我飘飘然地一直踩缝纫机,所以有一天踩不了了,我还依然活着,一直活了好久,这也是惩罚。

老天爷全看在眼里,无论对我,还是对大哥。

天网恢恢，从无疏漏。

我究竟还要活到什么时候才是个头啊。

咪酱。

我对着天花板上的道子喊道。

道子睁着圆溜溜的大眼睛，她没有说话，只是一直在笑着，笑啊笑啊，笑啊笑啊。

咪酱。

我又顺势呼唤起了其他的咪酱。

那些照顾过我的咪酱，个个都满脸微笑，那是一张张属于穷人的，无忧无虑的笑脸。

所以……

我决定学着道子的样子，管她们所有人，都叫咪酱了。

老太婆，拉过屎了没有？

儿媳来了。啊呀,我睡过头了。我没有去厕所小解,也没去拿报纸。我一直躺着,都忘了今天是"家人上门日"。

今天,是哪年哪月哪日?现在是几点了呢?

儿媳说,就算告诉你了你也马上会忘。然后就只说了现在七点,没说别的。

好奇怪。儿媳从来没有来过这么早,一次也没有。

我诧异地望着她。

我说啊,儿媳开口了,然后,嘻嘻嘻嘻,她笑了起来。

阿实那老头啊……死了。

啊哈哈哈哈,耶耶!哈哈哈!

儿媳像被火烫了一样,突然在榻榻米上打起了滚,笑得停不下来。

……什么时候?

昨天傍晚。十七点三十三分。

……为什么啊?

多脏器不全。你想想啊,不就是因为早就不行了还硬要想办法让他活才变成那样的吗?嫂子和民子绞尽脑汁想让他再活一会儿,所以才搞成那样的。不过,他总算死了。总算给我死了!

啊哈哈哈哈,哇哈哈哈哈!

因为她笑的时候嘴张得实在太大了,结果一闭嘴,下颌咔吧响了一声。

好险,差点把下巴笑掉了。

儿媳说着,还是憋不住地哧哧哧笑。根本停不下来。

她穿着一身炭灰色的衣服,画着精致的妆,还说自己接下来要假借帮忙去侦查情况。

看着儿媳欢天喜地庆贺阿实的死，我心里觉得怪怪的。

我也不喜欢阿实。

说得再明白点，我讨厌他。

可是——

为他撒手人寰而感到高兴，真的好吗？

如果——

如果没有阿实……

如果丈夫走的时候，把阿实也带走了……

无论哪一种，道子都不会降临人世。

因为她本来就不会降临人世，所以也就不会生疫毒痢。所以，也就不会死。

可是——

可是能见到道子，我真的很幸福。

无论——

无论那是怎样一种缘分，我能见到道子，真的，真的很幸福。

即便是后来我跌进深渊，即便我一直很后悔，很后悔。可是在道子活着的那段日子，那短暂时光里，我真的好幸福。

我这一生，的确是幸福过的啊。

虽然我以为自己没有的，虽然我以前一直都是这么想的。

但如果有谁问我："您曾经幸福过吗？"

我就可以这么回答他：

对，我幸福过啊。

别的什么都不用说，就只说这么一句就好。

哦，对了，老太婆。到了阿实老头儿家，我会趁乱把他家里翻个遍，夺走那个存折。

儿媳一边擦着饭桌，一边说。

欸。

饭桌上凝固着豆子汤、牛奶、酱油、调料汁，一块块的，糊了老厚一层。儿媳拿了个炒菜用的铲子，铲着桌上的陈年污垢。

真好。

她挥着擦桌布擦拭着。然后又直接把清洁剂挤到桌上，用海绵擦又刷又蹭起来。

欸。

这儿媳呀，说不定好好教教她，她还能是块材料呢。

她擦掉了桌上的泡沫，洗抹布，绞抹布。

反反复复做了好几次。

真好呢。真好，太好了。儿媳说。

把泡沫彻底擦干净之后，她又用一块干抹布动作很大地擦去了桌上的水痕。再用肥皂洗了擦桌布,用力绞干水,挂在了水槽边沿。那块干抹布也用肥皂洗了,用力绞了,挂了起来。

这一连串的动作,竟然没有一个是多余的。

哎呀,我心想。儿媳把活都干完了。

真的是,太好了。儿媳说。

……真是太好了。我说。

也不知为何,我们俩说的话还对上了。

儿媳突然趁势一把抓住了我的手。

…………

想来,我好像还是第一次和儿媳握手。这么紧握着手一直不松开,总觉着难为情。

于是,我缓缓抽回了手。

孩子奶奶,来。

好容易抽回手来,儿媳又仿佛突然想起了什么,把一个文明堂的袋子塞给了我。

接下来你爱吃什么就尽情吃，想怎么活就怎么活吧。

那袋子里装了满满的红豆馅长崎蛋糕。一天两天都吃不完。

明天要守夜，后天是告别仪式，事儿太多了，所以不能像之前那样动不动就来看你了。就让护工给你买东西呀洗衣服吧，你随意使唤他们都行。我刚刚已经给护理公司的经理打过电话了，我有多少次没来，可以全让护工补上。

欸。

自己掏钱也行。日间护理也是，你想增加天数就随意增加吧。还有外卖，随便叫。

欸。

这儿也算是在商圈里了，这房子可比想象的要卖更多钱呢。那干脆就盖他七层。一层给亮太开一家那种时髦居酒屋或者咖啡馆，上边搞成单间租出去。再上面弄成那种贷款住宅，最上边给我们住。

是吧。

……我们，是谁啊？

欸？……哎呀，孩子奶奶，我这不是打个比方吗？只是打比方而已啦。你就忘了吧。

欸。

那再见喽。

啊，等等。

怎么了？

最近好像没怎么见到他呢，健一郎，他最近怎么样呀？

刚才还口若悬河的儿媳，突然僵住了。

她眉毛拧成了个八字，似乎很为难。

然后，她仿佛在掩饰什么似的，慢慢地，慢慢地露出一个笑容。

他挺好的。

儿媳说。

啊，是吗？那就好。

娘，我挺好的，就是工作太忙了，所以没时间过来。真对不起。因为……娘，我，对不起……因为……

嗯，我知道了。那挺好。

那就挺好的。

孩子身体健康，认真工作，这就是最好的了。只要健健康康，好好工作，就足够了，就算尽孝了。所以做父母的，死都不会对工作忙成那样的孩子说什么我好寂寞，你快来看看我啊这一类的话。只要我死的时候能来看看我，就够了。

……挺好的。是吧?

欸。

……那,我走了。

欸。

那,再见了。儿媳的脸好像突然变年轻了,同时又好像突然苍老了,我分辨不清是哪种。她冲我挥挥手,说:再见了,孩子奶奶。

欸,再见了。

我真走了……再见了,孩子奶奶。

欸,再见了。

孩子奶奶……

儿媳非常罕见地、恋恋不舍地又转过头来。

怎么说呢?她那模样,带着一种就此别过、此生再不会相见的忧郁感。

这种忧郁的感觉,我真是打从心眼里讨厌。

所以我冲着好像还想开口说什么的儿媳，更胜平日一般斩钉截铁说：

欸，再见了。

掷地有声。

到了日间护理机构，不知为何，我旁边坐着的人变成了广濑大姐。

我到处寻找米山老爹。

可是哪儿都找不见他。

老头儿死了。米山老头儿，死了。

…………

死了，他死了。

……什么时候死的啊？

上上周，你忘了？

…………

你上周和前天都问过的啊!你连"问"这件事本身都忘了吗?

…………

在日间护理这儿,有人死了,去了养老院,生病住了院什么的,他们是不会说出来的。而且每次都会有新人来,填补走了的人的空缺。所以就算有人走了,人数上也基本没有增减变化,他们在这方面做得很完美。

大多数时候,就算有人走了我其实也不知道。有时候我会寻思:某某某最近怎么都没见到过呢?但是那个某某某的脸,我却一点儿都想不起来了。

可是——

我记得米山老爹,也清楚地记得他的脸。

大家好,虽然不种大米,但是我叫米山。虽

然不是在山里而是在海里,可是我叫米山。

米山老爹的自我介绍,我也记得清清楚楚。

可是——

唯独死去这一件事,我给忘了。

前天也告诉过你了,是脑出血死的。

…………

没什么痛苦。那天一早,挨着他住的儿子来喊他起床,就发现他好像睡着了一样死了。广濑大姐一边说着,一边吸溜着茶水。不知为何,她的茶水看上去并不黏糊。于是我问她原因。

如果脑子没糊涂,也不是卧床不起,平时也不常呛到的老人,是不用搞那么黏糊的。

……也就是说……我的茶水之所以黏糊糊的,果然……是他们确定我已经糊涂了,是吗?

我说,佳景。

欸。

你说,为什么男人都比我们早死了啊?

今天的零食是蜜饯豆子。

蜜饯豆子要用勺子舀着吃。有棱有角的寒天整体都没什么甜味,说实话,真的很难吃。

跟你说啊,佳景,我呢,和很多男人睡过,和数都数不清的男人睡过。但和阿金一起最好,和他睡是最好的。

我想起来了。

我们家姓"金子"。所以大家都喊大哥"阿金""阿金"。继母讨厌别人这么叫,所以总挥着柴火棍子威胁喊他"阿金"的小孩。可是,只有广濑大姐扛到了最后都没输,一直坚持喊他"阿金"。于是继母真的发火了,用柴火打了她。结果广濑大姐,不,嫂子她对继母说:"你不就是个卖淫女吗？装个屁！"然后对着她的脸吐了口水。

当时继母那张愤怒的面孔，简直太精彩了。

当时，我发自内心地感到快活。

如今，时隔多年听到"阿金"的名字，真的好怀念。

喂，佳景。

欸。

阿金他，真的特别疼你。

…………

店被催债的夺走时，那边说光把店拿走还不够，把你妹交出来，交出来了才算两讫。结果阿金突然火了，一鼓作气冲过去要打他们，可他早不是年轻时候的他了，光嗑药都嗑成个废人了，没过几秒就被揍了个半死。这件事你应该不知道吧？

欸，我不知道。

他遍体鳞伤去找你老公,结果怎么找都找不到。他又找了个死在路上的人,然后拜托开黑店的医生开了个假证明,证明那个人就是你老公。然后把那个房子的所有人改成了你。为了不让你受牵连,他最应付不来的那些要交给政府的资料表格,也都是他自己填的。每次问他:"不然我帮帮你吧?"他都坚持说:"我自己来。"他就那么猫着腰,在纸上费劲写出一个个丑得要命、好似蚯蚓一样的烂字,被订正了无数次。就算办事窗口的业务员如何对他冷嘲热讽,他都不生气,像个小学生一样一个劲儿说着"是,是",埋头改写。名义变更、继承税、退休保险……所有的手续全都是他一个人去办的。他全办下来了,然后放心了,很快就死了。

…………

他还说，要是我以前能像现在这么拼命学习，如今也不至于沦落到这步田地。

…………

他还说，为了庆祝这些手续办妥，我就去个横滨吧。

阿八，你记得阿八不？阿八呀，那个渔船老板，八重樫。

他让阿八把屋形船开出来，一群朋友，一块儿去的横滨……然后他就死了。

…………

大家在黄金町一起喝酒玩儿女人，阿八他们说还有工作，先回了。然后你大哥说，那我要再逛他两三个店再回。就是在这两三个店里出事了，他死了。

…………

你知道吗?他死了之后,他欠的那么老些个钱,都怎么办了?

…………

我去了飞田。你知道吗?飞田。

…………

不知道对吧?欸,我不知道。真对不起。无所谓了,没必要道歉。毕竟我在本地没法那么干。大阪的飞田呢,简单来说就是卖淫区。短的十五分,加时三十分。和吉原那边的不一样,飞田这头不需要从闲聊"小哥您是哪儿的人呀?"开始酝酿。摸摸索索的也要算时间的,前戏都是浪费时间。所以就只是插。只有这么一个动作,插进洞里就行。像打柏青哥一样。闭着眼当自己是个柏青哥机子,这样就能不停地赚钱。一大早开始,一直到晚上。多的时候一天要接三十个客。就算那地方火烧火燎地疼，我也就涂点儿膏药，不休息，坚持接客。

…………

最后我终于把钱全还清了。三年。统统还清了。崭新的纸币，勒着腰封。一分不差地还清了。

哈！要你们小瞧我！

……连这些，你也不知道吧？

…………

我不知道。我不知道广濑大姐替大哥还了那么多债。我不知道为了不让我们家被要债的夺走，广濑大姐跑去卖淫了。我只是觉得"怎么都没见到她呀？"，却不知道在她消失的这段时间发生了什么。她之前说我继母是卖淫女，结果因果循环，她自己竟也去卖了淫。见大哥独自跌进深渊，广濑大姐就去陪着他，一起跌进深渊了。

…………

别那副表情呀。我说这些又不是为了责备你。

…………

也不是想让你对我感恩戴德什么的。

…………

阿金他呢,动不动就和我说,要我往后好好照顾你。我就调侃他:那以后谁照顾我啊?阿金就笑了,对我说:你这么强,一个人活下去肯定没问题的呀。

什么嘛,凭什么擅自给我下定论了?

…………

所以呢,就只是……怎么说呢?我不是想让你们感谢我啦。我怎么样都无所谓的,就只是……嗯,只是阿金,只有他,我希望你,能偶尔想起他。

……欸。

那个，佳景。

……欸。

……道子。

……欸。

当时……我一直拖拉着没去洗文身，真对不起。

…………

我当时要是立马去把文身洗了，可能就不会发生那件事了。

我，你，阿金，还有道子，我们的人生，或许就会不一样了……是吧？

不过，就到此为止吧，好吗？咱们和好吧。

…………

有什么仇什么怨，就都算了吧。和好吧。毕竟，咱们的日子也都不多了。

……………

是这样啊。

我第一次意识到。

过去了这么多年，广濑大姐一直觉得我因为道子的事情在生她的气啊。她什么都没跟我说，自己暗暗下了决心，然后独自跳进了苦海，拼了命地努力。

她独自一人进入竞技场，独自一个人摔角。

原来，广濑大姐也是那一类人。

是对自己的人生有悔的那一类人啊。

到了今天，我才知道。

道子的死，不是任何人的错，当然也不是广濑大姐的错。

道子的死，是我的错。

所以，我一点也不恨她。我只恨我自己。硬

要说的话，我还有一点恨阿实，还有把阿实扔下的丈夫。但除此之外我谁也不恨。这种事，我想都没想过。

而且，大哥被人打得半死，还为我做了那么多，还有广濑大姐独自跑去飞田，在苦海挣扎还钱，为了不让我受牵连，做了那么多。这些事，我一点都不知道。

他们隐藏得太好了，我真的一点都没发现。

广濑大姐去卖淫，那根本不是她的什么因果报应。

本来不得不去卖淫的应该是我，只是她在代我受过。

而我，却只需要踩着缝纫机就好。

就只是，踩着缝纫机，就够了。

真倒霉。

我本来是这么想的。我总觉得自己倒霉,总觉得只有自己倒霉。可那只是我的骄傲自大罢了。

我对自己感到好恼火,对之前竟然那么疏远广濑大姐的自己,对迄今为止的自己,都好恼火。

……我说,佳景啊。

……欸。

米山老爹死了,你寂寞不?

……欸,啊,不。

是还是不是啊?你之前不还很为那老头着迷吗?

……欸,啊,不。

所以是还是不是啦?大姐沉不住气,着起急来。虽然知道她本来要比看上去温柔得多,但看她在自己眼前发火,还是觉得好可怕。

其实,嗯……说是着迷,也确实是着了迷的。

但是我不觉得寂寞呀。虽然他死了。道子死的时候，我确实很难过。但那也是孽缘吧。事到如今，我还是为她的死难过。可是，我对大姐……啊，不……我对嫂子一点恨都没有。一点都没有呢。都是我，是我不好。嫂子没错，一点错都没有。

…………

广濑大姐的脸上，滑过一道道泪痕。眼泪掺着眼影，黑乎乎的，宽宽的，接连不断地滑落脸庞。

米山老爹的事情，该怎么说呢……挺不可思议的，但我就是不觉得寂寞呀。你想，大家不都一样吗？活到现在这副模样了，是活着还是死了，不都差不多吗？就好像站在船头的位置，朝着对岸伸腿，一点点，一点点地，趁着那个劲头猛地一下子就越过去了。所以，无论活着还是死了，其实都一样。都无所谓的。反正很快就能见到了，所以，无所谓的。

…………

广濑大姐掏出一块印着华丽大花蝴蝶的手帕子，交互着一会儿擦擦眼头，一会儿擦擦眼尾。她似乎想说些什么，可是张了张嘴，最终还是什么都没说。

临到要回去的时候，广濑大姐把一个绣着招财猫的小小布袋子塞给了我。

对不起。

到了这时，我才终于说出了那句道歉。

关于大哥的，关于道子的，关于那一切的歉意，我终于表达了出来。

随后，广濑大姐慌里慌张地坐进了来接她的二号车。进去之后，她用戴了蛇形戒指的中指指关节"咚咚"敲了几下车窗，动作幅度很大地点了两下头。

二号车出发后,我立刻打开了那个小布袋子。

于是——

我看到了里面的东西。

那也是我第一次看到它们,是存折和印章。

遗 嘱

这本存折里的钱,请平等地分给每一位咪酱。

令和二年九月二十七日 安田佳景

光是写这么几个字,就花了好长的时间。

我在一片凌乱的家中找到几张纸,翻开一看,这几张纸正好是如何写遗嘱的说明,还有用来写遗嘱的纸。我心想这不是正好吗?就准备直接用这纸写。结果握圆珠笔的手僵得要命，我努力想写出字来，可光是写下一个七扭八歪的"遗"字，就已经用掉了一半的纸。于是我扯了一张日历的纸，翻到背面用。然后放弃了需要使劲儿才能写出字来的圆珠笔，改用不费劲儿也能出墨的油性笔。这回我做得不错。

日期，我对着报纸检查了好几遍才放心。

可是，因为趁势把这个月一整月的日历都撕下来了，所以如果想知道这个月剩下的安排，我也必须得把遗嘱翻过来才能看到了。这样可能挺不方便，不过就只有九月如此，稍微忍忍好了。到了十月就是新的一个月了。反正我早习惯了忍耐，所以，我决定就这么忍忍了。

我对着范本看呀看呀，花了好长时间，总算是写出来了。

写好了。

我伸长胳膊，拿得远远地看着这张纸。我的字写得很差，整行都在往右倒。还不如小孩的涂鸦。但这可是如今的我写出来的字，在我的"作品"里可是能排进最精品等级的程度。

哎呀。

我练习写字，真是练对了呀。

当时的努力，在这里，到了这里，终于开花结果了。

我被过去的自己拯救了。

接下来就用放在玄关的印章，给这个遗嘱印上就行了。看范本的说法，印上了印章，这份遗嘱才生效。

我翻开存折。

道子刚出生不久，大哥就不由分说地要求我

把打零工赚到的所有钱都交给他。

明明说些什么"欠债也算财产的一部分"这种骗人话,可唯独对我,他总强调"你要为了道子好好攒钱"。所以每个月月末他都要找我收钱。所以我无论是买个酱油,还是买块可乐饼,都要写到纸上,让健一郎跑腿,拿着纸去跟大哥要钱。后来我嫌麻烦,就先跟小商贩赊账买东西,等到了月末大哥来收钱,我就能把花出去的那一部分钱拿到手了。

后来,大哥又开始抓些细节,说那个做小商贩的大妈卖得太贵,我给你买算了。于是,就变成了大米、味噌、酱油还有厕纸一类的,由大哥或者广濑大姐算好时间,定期给我送过来。

这本存折上的日期,是从道子出生后的下一个月开始算的。每个月钱数不等。有的月是一千日元，有的是一千五，两千。算上利息后，后头会加个四日元呀，十七日元呀，三十三日元一类的。还有一些，明明不是在月末却存进去的钱，一百日元呀，五百日元呀，一万日元，什么数都有。仔细一看日期，那是健一郎、我，还有道子的生日。健一郎和我的生日是一百日元和五百日元。道子一岁的生日那年存进去一万日元，两岁生日是两万日元。这就是道子生日的全部钱数了。

在道子死的前一个月，月末存进了两千五百日元。那应该是我踩缝纫机赚的工资。但是这个工资没有尾数，有点奇怪。所以，我猜大哥或者广濑大姐每个月还会补一些，凑个整。

然后——

这本存折到道子死的时候结束。

花出去的钱呢？存折上哪儿也找不到啊。

该不会，付给小商贩的钱，其实是大哥自掏腰包出的吧？

下次去日间护理的时候，我再问问广濑大姐吧。

我心想。虽然现在这样想，可是到时候，我应该就忘了吧。

存折的余额，是十万零九百二十二日元。

我最近都没自己买过东西了，所以不知道现在物价上涨了多少。虽然不知道，但是这钱一直存着，存折都已经旧得发黄了，斑斑驳驳。有多少斑驳，就该有多少年的利息吧。物价上涨和利息基本持平的话，能有这么多钱，所有咪酱平分下来，每个人也能拿到不少呢。我想。如此一来，每个人也都能靠着这笔钱，稍微松快松快了吧。我想。

反正这存折就算拿在我手上,我也没法去把钱取出来了。就算请上门来的咪酱帮我取了,这钱我除了买个豆沙馅长崎蛋糕或者罐头,也想不到能用来做什么。一想就觉得麻烦。不如干脆从一开始就全部送给咪酱们好了,这样一点不麻烦,很清爽。

可是,不写成遗嘱的话,我怕儿媳又会擅自取走。所以无论如何,这份遗嘱必须写。必须写好。

不过,说实话,一开始我也不知道自己究竟能不能写出来。只能听天由命。

哎呀呀。

我写出来了,太好了。

我发自内心地感到高兴。

好!

我喊了声口号,向右拐,去玄关。本来应该

抓着扶手站起来的。但我太累了，嫌站起来麻烦，干脆偷懒爬过去吧。就今天这样子偷懒爬一次，老天爷会原谅我的，一定会的。

推开门，有一个不高的台阶。

印章就放在鞋柜上面的木盒子里。每次送传阅板的时候，邻居都会擅自帮我盖上章，然后传到对面邻居手里。

木盒子就在那。

我伸手摸索着打开了木盒子。

不知为何，里头虽然摆着印泥，却没有印章。

咦？

我思索着。隔壁的柴崎太太性子急。每次都是风风火火来了，大声嚷嚷些什么，然后用我的印章印完，又风风火火地走了。

柴崎太太不但性子急，还有些粗心大意。她

可能忘了把印章收进盒子里，直接随手一丢就走了。

为了看一眼鞋柜上头的情况，我最终还是得站起来才行啊。

我抓住了眼前那面墙上的扶手。

啊，果不其然，我的腿今天一点儿力气都没有。

嘿咻！我喊着口号使劲儿，可却失败了。

嘿，嘿，吼！这个口号也不行。

最后的最后，只能用上那个杀手锏了。

娘！

终于，大喝一声，我站起来了。

幸好没有别人在。

要是被谁听到了，可就丢人丢大了。

总而言之，我站起来了，太好了。

看了一眼鞋柜上面，果然，角落边扔着一枚印章。那是一枚白色的印章。我伸出手，可是只差一点，够不到。但就是这差一点——就在我的左手稍微松开了扶手片刻，对着印章的方向努力伸出右手的时候，我突然想起：那个小布袋里不是有一枚存折盖章用的印章吗？就和存折放在一起啊！可是，等我想起来的时候，已经太晚了。

回过神来，眼前是一片木纹。

和一直以来看惯了的天花板上那些七扭八拐的纹路不同，眼前的木纹直直的，离我非常近。

咦？这儿是哪儿？

我想动，但是浑身疼痛。想尽办法也动弹不了。就只有眼球可以转动。我看了一下周围，有折好的轮椅，有鞋柜。

原来如此，这里是玄关。

我明白了。

虽然知道了自己现在在哪里，可是又努力了一遍，身体依然还是不听使唤。

不过，眼球还能动。

我不断转动着眼睛看着四周。

隔着磨砂玻璃看出去，外面是黑的。

夜晚难能可贵。

夜晚，真的难能可贵。

可是——

看我现在的情况，夜晚似乎不太可贵了。

啊——

我心想。

我在这地方干什么呢？

明明都是晚上了。

晚上会做什么呢？会去厕所，为了兜住屎尿，要穿好纸尿裤。为了不让屎尿漏出来，还要在纸尿裤正中间再垫一层衬垫。然后就是回床上睡觉，仅此而已。我每天都是这么做的，早就习惯了。但不知为何，我今天却仰面躺在玄关这儿，想动却动不了，而且浑身疼痛。

对疼痛，我原本早就习惯了。毕竟以前一直被继母用木柴抽打，应该已经锻炼出来了的。可我现在觉得好痛，痛得一动都无法动。这究竟是为什么啊？

…………

该不会……

该不会，这是老天爷的——那个什么吧？

就是那个。

该不会，我之所以躺在这儿，是因为想尝试去做些根本就做不到的善事吧？不过具体想做什么事，我已经给忘了。会是什么呢？比如，趁着大家都在沉睡,把全市的排水沟都浚清,或者,变革整个社会一类的?我因为想要做这种荒唐事,想让快入土了的自己也能发挥点余热,于是就产生了以上这一类荒唐的想法?我明明就做不到这些啊。虽然不记得自己要做什么了,但是那种兴高采烈的余韵似乎还残留在心里,所以我才往这个方向猜的。结果呢,到头来我还是搞砸了……

所以——

我这上了年纪的身体,才会这么疼。

这么一想,似乎一切都说得通了。

啊。

可是,现在是晚上,到了白天,咪酱,虽然我还不知道是哪一个咪酱,总之就是会来我家的咪酱,她因为担心我可能晕倒在家里,所以会用备用钥匙提心吊胆地打开玄关的门。

看到眼前的景象,她估计会吓一大跳吧。

好可怜。

啊,这种时候反倒是轮到家人上门比较好,真的。儿媳来了的话,肯定一进门就开始骂我,说不定还要打我。不过她也只会打我巴掌,儿媳的脸呀身子呀手呀都肿乎乎的,说实话,打到身上也不是很疼。

偷偷告诉你们,儿媳身上一年到头都是一股酒气。

酒气熏人,我怀疑她可能酒精中毒了。一个女人成了酒蒙子,挺不像话的……可是,就算儿媳那副德性,说不定也曾经有过什么不为人知的遭遇呢,她可能只是没说。她可能觉得,就算和我说了也根本没用。

别看她那副德性,她或许也一样独自背负了

些什么呢。

儿媳应该会一边嘴上骂骂咧咧，一边给我叫救护车，叫咪酱吧。这样被叫过来的咪酱就不用拿备用钥匙开门了，而且收到通知的时候心里也能提前做好准备，不必出现被我吓得缩减阳寿的情况了。

啊，只有这一次，真希望是家人上门啊……

我双手合十许愿。神明，佛祖，老天爷，我对着祂们许愿，诚心诚意地默念，许愿。

祈祷着祈祷着，祈祷着祈祷着，我突然开始思索，我究竟是在为什么祈祷来着？

想到这儿，我伸出手。

我看到花儿开了。

啊。

……这个，是奶奶看到的花。

那时候我没能看到,现在,我终于能看到了。啊,我心想。

花好美,今天,是我死的日子。

原来是这样吗?原来是如此草率的吗?

玄关还是一如既往,也没有下雨。偶尔会有车子从门前开过的声音。除此之外,一切都很安静。我也不知道今天是哪年哪月哪日,一切都太过平常,今天,是太过平常的一天了。

我远眺着自己的手掌。

我仔仔细细,眺望着自己的手掌。

没错,确实盛开着花朵。

靠前的位置,开着蒲公英、牛膝菊,还有韭菜花。远处的花有金黄色的,石竹色的,火红色的，颜色非常鲜艳，但是整体轮廓都很模糊，也看不出种类。

对了。

我突然想到。

这些花，真想请谁一起看看。

我想。

请咪酱看看，哪一个咪酱都可以，真想让谁看看呀。

啊。

可是，就算我这么想了，可是小时候的我，不是看不到奶奶手掌上开的花吗？所以就算咪酱她们就在这儿，就在我身边，万一，万一健一郎也跑来了，他们应该也都看不到花的吧？

好可惜。

唯有这一点，我觉得真的，真的好可惜。

我闭上眼。

又睁开眼。

果然。

既然确定要死了,那尽量把睁眼的时间拖长一些,这样可能会比较赚,对吧?我想动动脖子,但是太痛了,所以我就仅仅转动眼球看着四周。这就是此生所见最后一眼了,我贪婪地转动着眼球到处看。都到这时候了,我还在到处寻摸,想再看到些有意思的东西。

然后——

我找到了。门槛的里侧。

平时这个地方我根本没法像现在这样去观察,也根本注意不到。但此时此刻,我发现了。

我发现了,一个手印。

一个小小的,手印。

门槛翻新的时候，健一郎的年纪已经很大了，这个小小的手印，一定是道子的。

啊啊，不过啊，要不是这样子躺倒，我肯定没机会发现这个门槛里的手印。

我发自内心地如此想道。

有什么坏事发生，就一定也会有什么好事发生。

它们的分量相当，一定是这样。

我把自己的手，挪到了那个小小的手印上，覆了上去。

咪酱。

我小声呼唤着。

我想——

我要拼命地爬，再痛也忍耐下去。我要爬去灶台边，把所有的大米都煮好。我要把煮熟的大米捏成一个一个饭团。然后在上面涂上味噌，要是有黄瓜，有红薯干，我也要给它们都涂上味噌，我要把所有能找到的吃的，都满满地涂上味噌，然后用报纸包好，打进包裹里，我把它背在背上，系得紧紧的，打成死结，就算黄泉有滔天巨浪，也不能把它冲走。

还要把佛坛上大哥照片边上供着的香烟也打进包裹里，那个烟卷是大哥最喜欢的牌子。可能会被打湿，那就请大哥海涵好了。

啊啊，可是，身体一点都动不了啊，真的，太痛了。

我看着自己的手。

那些花儿还是那么美，盛放的花朵越来越多，金黄色的百日菊，石竹色的瞿麦，火红色，是天鹅绒质地的鸡冠花，它们就在我眼前热热闹闹，接二连三地盛开着。

我不知道该高兴还是该难过。

因为要死了,所以不应该高兴才对。但,怎么说呢,光是看到眼前的景色,我就觉得好开心啊。

我独自喜悦着。

对这世界——早已经——没有不舍——

唱着这种不着调的小曲。

明明一滴酒都没沾,但是好像喝醉了一样,心情大好。

偷偷告诉你们。

丈夫跑了之后,我偷偷藏起来喝的酒,真香。

丈夫他,现在还好吗?

啊?

我手掌上一片风景的远方,好像能看到什么东西。

我定睛凝望着。

在开满了鲜花的地平线那一头，出现了一些黑点，之前明明没有的。

那些黑点很慢很慢地，一点一点地向我这边移动过来。

逐渐，点变成了圆，越来越大，渐渐地，渐渐地，越来越大了。越来越大，越来越大。

最后，它变成了拖车。

那个拖车，我认识。

我用缝纫机做好的内衣，会放进盒子里，再摞到拖车上，拉去管事儿的那里。来的就是那个拖车。凭证就是，那装货的台面前方挂了道子的摇铃玩具。

那时候……

因为没法指望健一郎帮着照顾，所以我都是随身背着道子。坡道爬到一半，我会在一片狭窄空地上把道子放下来,把那个摇铃玩具拿给她玩儿。

往昔的回忆在心中整个扩散开来。

那个拖车越来越近了。

拖车是以什么样的状态靠近过来的呢?它的把手左右都系了拉货的牵引绳,绳子拴在阿大和机会的身上,被他们拉着向前移动。

阿大和机会脸上的表情,要比平时更加认真。

他们一本正经地,认认真真地拉着拖车。

我明白了。

这就是大家说的,临终时"迎接"我的场面啊。

我明白了。

大家在提到"迎接"的时候总是煞有介事的,搞得我一直想象成天上的神仙来迎接辉夜姬的场面了。不过我倒也想过,广告和实物多少会有点差距,所以现实可能没有想象的那么华丽。但我再怎么也想不到来迎接我的竟然是拖车。竟然是拖车啊……想到这儿，我感觉身上的力气也彻底没了。

可是，说来也挺厉害的，这拖车倒是并没在意我的感受，只管一个劲儿地往前跑。

不过，我仔细一看才发现，机会的身形要比阿大整个小了一圈。拖车也向着他这边歪，所以车子前进的方向也是歪的。

要照这么下去，最终是跑不到我这儿的呀，会歪到八百里开外的地方啊！想着想着，我又想到，对了，缝纫机上线和梭芯绕线也一样，一边的线紧一些，一边松一些，这有时候很让人恼火。

不知他们是否感受到了我的担忧，只见阿大突然站住了。她歪了歪头，赶上了机会，然后又超过了他，突然向反方向切换了角度。然后他们彼此对视一眼，会意地再度面向正面，面向我的方向越跑越近了。

越来越近，越来越近了。

因为，怎么说呢？因为他们的表情实在是太认真，所以特别怪。

虽然这么说有点不客气，但是，真的好怪。

我突然又想到——

到了黄泉岸边，又该怎么办呢？

那儿有渡口吗？需要换乘吗？

还是说，依然要靠狗拉拖车过去？

过河钱，要多少呢？

我的问题就这样接二连三地冒出来。

不过……

嗐，算了。

无所谓了。

娘。

我喊着。

明明是我在喊,可是,我有种被别人呼唤着的感觉。

或许。

安排阿大和机会来"迎接",这肯定是大哥的主意。是大哥辛辛苦苦地给阿大和机会套上缰绳,让他们拉着拖车来接我。

然后呢?

黄泉的对岸,大哥就在那儿等着我。

肩上扛着孩子。等着我。

来送报纸的摩托车,就在门外不远处停下了。

如果我喊出声,门外的人应该能听见。

可是……
嗐,算了。

从门缝,挤进一阵风。
于是我知道了。
现在是,秋天。